Enrico Brignano

SONO ROMANO MA NON È COLPA MIA

Dimmi se ci fai e ti dirò chi sei

Rizzoli

ISBN 978-88-17-03593-4

Prima edizione: novembre 2009

SONO ROMANO
MA NON È COLPA MIA

Prefazione

DEL PERCHÉ DEL TITOLO

Ovvero

LE ORIGINI

Io sono romano, ma non è colpa mia.

Quella è mia madre che si impuntò con mio padre. All'epoca disse: «Deve nascere a Roma...».

E lui, mio padre: «Ma non è meglio farlo nascere da un'altra parte, in un posto più tranquillo?».

«E dove, "da un'altra parte"?»

«Ma chennesò... da 'n'artra parte... nella città di coso...»

E mia madre: «Coso chi?».

«Coso, il figlio di... della signora cosa... be' lì... ce so' nati in parecchi... ma pure gente importante...»

«Ma si può sape' dove?»

«Me pare Viterbo, Latina... adesso non mi ricordo di preciso, una bella cittadina...»

«*Cittadina*? E io secondo te faccio nascere mio figlio in una cittadina? Mai! Mio figlio deve nascere in una città, La Città. Mio figlio deve nascere nella Capitale, mio figlio come minimo dev'essere capitalista. Lo voglio cittadino romano!»

«Bah, contenta te!»

E, per questo motivo, io nacqui a Roma.

Roma, oddio, non proprio Roma Roma. Per essere precisi, a tre centimetri da Roma. Be', sì, guardando la cartina geografica: scala uno a un milione. Quei tre centimetri che in scala corrispondono in effetti a trenta chilometri circa in linea d'aria: località Dragona, popolosa borgata romana, non contemplata nel piano regolatore degli anni Sessanta, né tanto meno nel *Tuttocittà* degli anni Novanta, per molte giunte comunali praticamente inesistente, come Atlantide. Infatti Dragona ha origini leggendarie fin dai tempi di Anco Marzio, quando il piccolo borgo si chiamava Ficana, nome altrettanto leggendario, che allettava i contadini dell'epoca spingendoli a rendere fertili quelle terre. Fu però un papa, Gregorio IV, che disse: «Cari abitanti di Ficana, non si può andare avanti così. Due sono le cose: o cambiate casa, o cambiate nome a questa città».

«E perché deve cambiare nome?»

«Tu chi sei?»

«Sono un villico.»

«E allora, caro il mio villico, ti dico che Ficana pare brutto, non tanto per voi quanto per chi ci nascerà dopo e magari andrà in televisione su Raiuno in prima serata. Si chiamerà Dragona.»

«E perché Dragona?»

«E tu chi sei?»

«Sono il villico di prima.»

«Caro mio villico di prima, ma tu sei venuto qua per mettermi in croce? Si chiamerà Dragona perché lo decido io. In nome del drago che san Giorgio uccise.»

Questi i natali di Dragona, collocata tra la riva sinistra del biondo Tevere e la via Ostiense, come si dice in gergo: una ridente borgata romana, che poi non ho mai capito che ce stava tanto da ride'.

Una borgata costruita a tempo perso, il sabato e la domenica, dove l'abusivismo edilizio era la regola. Si costruiva abusivamente e in fretta, ma così in fretta che se tu, facendoti una passeggiata romantica sul lungo Marana guardando un prato, tra la zella* e la fanga*, tra carcasse di lavatrici, scocche di Cinquecento e materassi vecchi vedevi giocare felice un cane, potevi benissimo passare il giorno dopo e trovare un palazzo di cinque piani con lo stesso cane che giocava sul terrazzo, perché non aveva fatto in tempo a scappare in quanto nella notte gli avevano costruito il palazzo sotto. Dove sono nato io, costruire era necessario, indispensabile, vitale.

Edificare, cementare, pavimentare, murare: questo è sempre stato il motto degli abitanti del luogo, ma tutto andava fatto in modo abusivo. Infatti, se qualcuno costruiva la propria casa, il garage per la macchina o il gallinaio col permesso del Comune, non solo veniva mal visto da tutto il vicinato ma, se aveva pagato anche la Bucalossi, veniva addirittura denunciato alle autorità competenti.

Però, di tanti luoghi dove poter nascere, perché proprio a Dragona? Mah. Il caso, il destino... o, come dicevano gli antichi romani, il Fato.

DEL PERCHÉ DEL DESTINO DI ROMA

Ovvero

IL FATO

Il Fato è andato così.

Era esattamente il tardo pomeriggio del 17 maggio del 1966: per Roma un giorno come un altro, per i miei genitori no. Specialmente per mia madre, che cominciava ad avere le classiche avvisaglie del parto: nervosismo generalizzato, piedi gonfi e voglia di cocomero.

Quel pomeriggio stava per avverarsi il grande sogno di mamma: mettere al mondo un *civis Romanus*.

C'era solo una piccola difficoltà: perché il sogno si avverasse bisognava partorire come minimo nei pressi del Campidoglio, non dico sotto il cavallo di Marc'Aurelio, ma almeno sulla scalinata, dietro un rudere, vicino a un nasone*, e quindi attraversare mezza Roma con i mezzi perché la 128 rossa di mio padre aveva problemi allo spinterogeno, partiva solo a spinta. Tutti sanno che a Roma i mezzi passano a ogni morte di Papa e, visto che Giovanni Battista Enrico Antonio Maria Montini, detto Paolo VI, duecentosessantaduesimo successore di Pietro, era in buona salute, i miei si dissero: «Vedrai che 'sti mezzi pubblici non passano!» e decisero di prendere i mezzi propri. Ma, siccome i mezzi loro non ce l'avevano, conclusero di fare ai mezzi* col mezzo di zio.

L'unico mezzo che aveva mio zio era un mezzo catorcio, una Simca 1000, col motore posteriore, color avana, mezza rotta.

Alle prime avvisaglie del parto (per i disattenti: nervosismo generalizzato, piedi gonfi e voglia di cocomero), mia madre avvisò subito mio padre che di corsa avvisò mia zia che si precipitò in cantina ad avvisare mio zio che, ignaro di tutto, con un tubo di gomma in bocca, stava travasando una ciofeca di vino da una botte grande in tante botti piccole perché, diceva lui, nella botte piccola c'è il vino buono.

Zio disse: «Tempo che finisco 'sta botticella, metto in moto coi cavi la Simca e partiamo subito. Che faccio, porto un po' di vino?».

«Ma che vino?» rispose zia. «Casomai porta un paio di bottiglie d'acqua, ché non si sa mai.»

Quando fu tutto pronto per il viaggio nella Capitale e si riuscì a far partire coi cavi quella specie di macchina, s'era fatta notte.

Alla guida del mezzo: mio zio, mezzo ubriaco. Un mezzo alla guida di un mezzo. Appena si sedette al posto di guida cominciò a controllare tutti gli strumenti di bordo con la stessa minuziosità di un pilota che sta per decollare da Fiumicino. Solo che lui non aveva fra le mani la cloche di un Boeing 777 ma il volante scassato di una Simca 1000.

«Dunquc, fari nc funziona solo uno. Cruscotto al buio. Contachilometri rotto, non ci sono i tergicristalli ma non ha importanza...»

«Come non ha importanza? E se piove?» fece mio padre.

«Ma perché deve piovere? Siamo a metà maggio!» urlò mia madre. «Dai, forza, accendi e partiamo, se no 'sto ragazzino lo faccio in macchina.» Solo una pre-puerpera nel delirio pre-parto poteva chiamare «macchina» quella «cosa».

Breve descrizione a schema libero della strumentazione di bordo:

1. motore posteriore;
2. aria condizionata: cioè condizionata dal fatto che la manopola dell'aria era rimasta bloccata dall'inverno sul riscaldamento acceso;
3. plaid scozzese per non macchiare il sedile posteriore in finto skai;
4. foderine in finta paglia con le perline di legno per i sedili anteriori;
5. volante coperto in simil quasi-pelle;
6. rosario pericolosissimo appeso allo specchietto: essendo molto lungo, appena la macchina partiva cominciava a dondolare come un pendolo con effetto ipnotizzante davanti agli occhi di mio zio;
7. finestrini anteriori bloccati a metà da due cacciavite incastrati tra il vetro e lo sportello;
8. Arbre Magique all'aroma di pino (guarda caso, il nome del benzinaio di zio) attaccato al cruscotto;

9. targa di san Cristoforo con vicino la foto di mia zia e sotto scritto «Non correre, pensa a me»;

e, per finire in bellezza, sulla cappelliera:

10. il cane di plastica con la testa che ciondola.

Davanti – a fianco del guidatore – con lo schienale reclinato, c'era seduta mia madre che, probabilmente per il dolore, si lamentava più del solito: «Ma che macchina è? Ma come guidi? Ma come ti sei vestito?». Mio padre stava dietro con la valigia del cambio in una mano – vestaglia trapuntata a fiori, fresco lana e lino (frescolino), fette biscottate, perché non sia mai un languore – e nell'altra mano un paio di bottiglie d'acqua. Così combinata, l'allegra comitiva era partita di corsa alla ricerca di un ospedale a clacson spiegato, nel senso che mio zio, con la testa fuori dal finestrino, spiegava ai pedoni che «è il clacson che fa tutto 'sto casino, non siamo noi, state tranquilli». Arrivarono al Fatebenefratelli. «Andate voi» fece zio «io da qui non mi posso muovere, ché se spengo il motore poi non riparte.» Mio padre scese e accompagnò mamma all'accettazione: «Senta scusi, c'è un posto per mia moglie che sta per partorire?».

«Vorrei tanto farti del bene fratello, ma l'ospedale è tutto esaurito. Provate più avanti, al San Giovanni.»

E noi andammo. All'accettazione c'era un uomo. «Buon uomo, c'è un posto per mia moglie che sta per partorire?»

«Avete prenotato?»

«Veramente no...»

«Allora sono desolato, ma qui la sera senza prenotazione non si entra, provate qui vicino, all'Addolorata.»

All'ingresso c'era una donna: «Buona donna, possiamo chiederle una cosa? È della massima urgenza...».

«Mi dispiace, io non lavoro qui, ma provate all'accettazione, lì ci lavora mio figlio...»

«Figlio di buona donna, c'è un posto per mia moglie che sta per partorire?»

«No, siamo chiusi per inventario, provate più avanti...»

Mio zio guidava sempre più veloce. Strada facendo con uno scossone si ruppero le due bottiglie d'acqua... le acque insomma. «Che brutta notte, che notte brutta...» ripeteva mia madre tra un lamento e una contrazione.

Erano disperati, ma quando tutto sembrava andare per il verso sbagliato, improvvisamente, da sotto una macchina apparve loro un signore che aveva appena finito di fare il cambio dell'olio. Quando li vide, Egli disse loro: «Che avete dunque da essere tanto in pena?».

«Oh Signore che fa il cambio dell'olio, siamo disperati: mia moglie soffre tanto. Dove posso farla partorire che è tutta la notte che giriamo per la Città Eterna e non abbiamo trovato posto in nessun ospedale, mio cognato è mezzo ubriaco e non può spegnere la macchina perché non abbiamo i cavi, si sono pure rotte le due acque: dove possiamo far nascere nostro figlio noi che veniamo da Dragona?»

Il Signore che faceva il cambio dell'olio li guardò con le mani unte e, sorridendo, disse: «A Dragona. Cercate una buona levatrice e tutto si risolverà».

DEL PERCHÉ LE COSE FATTE IN CASA SONO PIÙ GENUINE

Ovvero

LA NASCITA (MIA)

Arrivarono a Dragona a notte fonda.

Le doglie si facevano sempre più pressanti. Misero mia madre a letto.

«A Dome' (scorciativo di Domenico, mio padre), hai sentito cosa ha detto il Signore? Bisogna trovare una buona lavatrice.»

«Perché, quella che c'abbiamo non è bona?» rispose lui.

«Ma quella sono quindici anni che ce l'abbiamo, ogni volta che fa la centrifuga allaga tutta la cucina.»

«E dove la trovi di notte una lavatrice? È tutto chiuso!»

«Il Signore ha detto che per il parto ci vuole

assolutamente una buona lavatrice! Tu vuoi mettere a repentaglio la nascita del tuo primo figlio!» urlò disperata mia madre in preda alle doglie.

Arrivò in quel momento zia Carmela (allungativo di Carme'). Zia Carmela li guardò esterrefatta: «Lavatrice? Le-vatrice, colei che *leva* il neonato dalla pancia!».

Mio zio e mio padre si fissarono interrogandosi con lo sguardo: «E come lo leva?».

«Lo leva dalla testa!»

«Allora vedi che c'ha ragione lei, il capo del bambino è un capo delicato, e per il capo delicato non puoi usare la lavatrice, va lavato a mano...»

Mamma: «Sbrigatevi, sbrigatevi, lo sento, scalcia, il bambino sta per nascere, non c'è più tempo!».

Zio e zia, all'unisono: «Oh madonna mia, che facciamo?».

Mio padre: «E che facciamo, non hai sentito? Non c'è più tempo, chiamiamo il dottor Coso... quello bravo... quello tanto una persona per bene!».

Zio e zia: «Ma chi?».

Papà: «... dottor... di... di Bartolo!».

Zio e zia, in coro: «Bartolo! L'ho detto».

Papà: «No, non di' Bartolo nel senso dell'imperativo di dire Bartolo, Di Bartolo nel senso dell'imperativo del cognome: il *dottor* Di Bartolo».

«Il dottor Di Bartolo? Ma quello è veterinario!»

«Embe'?»

«E che, un veterinario per far nascere un bambino?»

«Per tua norma e regola, il dottor Di Bartolo qui a Dragona ha fatto nascere cani e porci...»

Convinti dalla stringente logica di papà, finalmente chiamarono Di Bartolo che si precipitò a casa. Appena arrivato, lo incalzarono subito: «Dottore, siamo nelle sue mani, ci dica che cosa le serve».

Calmo e professionale, Di Bartolo rispose: «Acqua tiepida, asciugamani puliti, pezze calde e caffè freddo».

«Ma... il caffè freddo per il ragazzino?»

«No, il caffè freddo è per me. Nel pomeriggio non ho fatto il mio solito riposino e ho una certa cecagna*. Ah, mi raccomando, non dimenticate cose che possano servire all'occorrenza.»

«All'occorrenza de che?»

«Oh santo cielo, del parto!»

Mio zio, guardando un punto indefinito del soffitto, rifletté ad alta voce su questa parola, come se l'avesse sentita per la prima volta. «*Parto*. Mah... poi perché se dice "parto" se uno arriva?»

Il veterinario sbottò: «A sor* Dome', lo fa dopo il filosofo... il bambino bisogna tirarlo fuori e lavarlo... prendete qualcosa che possa servire alla bisogna. Ma fate presto».

Mio padre prese in mano le redini della situazione: «Non si preoccupi, ci penso io. Allora Dome', vai in garage e prendi una corda».

«'Na corda? Pe' fa' che?»

«Pe' tirallo fuori, no? Poi prendi una bacinella per lavarlo.»

«C'è 'na bacinella grande, sta giù in cantina ma è piena di vino. La porto su?»

«E che, lo lavamo cor vino?»

«Allora de bacinelle nun ce ne sono.»

«Fa niente, prendi il tubo dell'acqua e vedi se arriva fino in camera...»

«Di corsa. Poi?»

«E poi... prendi... prendi... cerotti... una pinza... 'na tenaglia?!... ma sì, prendi una pinza e una tenaglia... e una prolunga che nun se sa mai. Poi il martello scacciachiodi, borotalco, un po' de carta vetrata e stucco...»

«Ma sei sicuro che serva tutta 'sta roba?»

«Ma che ne so, io non ho mai partorito.»

Una volta portato l'occorrente, il dottore disse a mio padre: «Lei, sor Nino, che è il padre, vuole assistere?».

Papà, che si era appena svegliato dal torpore dello shock ma che ancora sembrava succube di quella situazione, ebbe un sussulto d'orgoglio e, mosso da un moto di profondo rispetto dettato dalla fifa, rispose grave: «No, per carità, sono cose de donna, io nun me voglio impiccia'».

«E lei che è lo zio?» insistette Di Bartolo.

«No, grazie, senza offesa, coi dottori poco ci faccio. Figuriamoci che dal dentista, quando mi fanno male i denti a me, ci mando un altro, e poi devo ancora travasare l'ultima botte piccola, magari la prossima volta.»

«Be', signore, se qui vanno via tutti, serve

qualcuno che ci dia una mano per reggere la bacinella con l'acqua» disse il dottore.

«Possiamo chiamare la sora Rosa qui di fronte» fece mia zia.

«Ma si intende di parti?»

«Parti non lo so, ma le galline sue fanno le uova buone.»

«Allora è la persona giusta: la chiami al telefono.»

«Non serve che la telefono, adesso la strillo dal balcone. Sora* Rosa! Sora Rosa! Che pò veni' a dacce 'na mano?»

«Adesso c'ho le mani un po' impicciate. Finisco 'sta frittata de carciofi e arrivo.»

«Signora, intanto lei spinga, spinga forte!»

«Non si preoccupi, dottore, sono abituata a spingere. Mi sono allenata spingendo la macchina di mio cognato.»

Dopo tanto spingere, con il profumo della frittata di carciofi nell'aria, alla fine il miracolo avvenne, e avvenne in casa il 18 maggio del 1966. Io praticamente fui fatto in casa e si sa, le cose fatte in casa magari non sono perfette, ma sicuramente sono più genuine.

DEL PERCHÉ È MEGLIO NON FIDARSI (NEMMENO DEI FRATELLI)

Ovvero

LA NASCITA (DI ROMA) E LA MORTE (SECONDO I ROMANI)

Fin da bambino, pur se nato a Dragona, a tre centimetri dalla Capitale, mi sono sempre sentito romano a tutti gli effetti e soprattutto con la responsabilità di essere cittadino romano, con i suoi pro e i suoi contro.

Una grande responsabilità che mi avrebbe accompagnato per tutta la vita, ma che raggiunse l'apice specialmente quando i miei genitori mi mandarono alle scuole dell'obbligo, anzi, mi obbligarono ad andare a scuola col tortòre*.

Sinceramente, io ero portato per la scuola: in effetti mi ci portava mio padre, se no chi ci andava?

Fu proprio a scuola che presi coscienza di che grande onore fosse essere un cittadino romano, studiando la storia dell'antica Roma. Oddio, io non è che abbia proprio studiato studiato. Anche perché studiare la storia è cercare di sapere i fatti che sono successi, avere la curiosità di conoscere i fatti degli altri. Però a me impicciarmi dei fatti degli altri non mi è mai piaciuto, e poi non è educazione. Per questo, più che studiare, lasciavo studiare gli altri; io, al massimo, mi limitavo a copiare, arte in cui ero molto bravo, ma veramente. Io a copia' ero bravo e veloce, copiavo di sguincio, di lato, a palombella, di riflesso sui vetri della classe. Facevo anche venti, trenta copie al secondo, mi chiamavano Canon il Barbaro. Ero talmente bravo a copiare che, se il mio compagno copriva il suo compito con la mano, io gli copiavo anche la mano, per dire la coerenza.

Comunque, sfogliando le pagine del libro di storia – preso usato da un amico che mi giurò sui suoi genitori che quel libro non lo aveva mai toccato, e io gli credetti sulla parola anche perché era ancora imballato nel cellophane – e andando alla ricerca delle figure, perché le parole mi stancavano, appresi quando, come e perché nacque la Città Eterna.

Roma, da quello che ho capito, fu fondata senza piano regolatore, tutta abusiva, il 21 aprile del 753 avanti Cristo. Che poi si abbrevia in a.C., da non confondersi con la D.C. che venne molto dopo per condonare tutto quello che era stato costruito abusivamente prima.

Ma andiamo per ordine. Io so per certo, perché me l'ha detto un amico fidato, che i fondatori dell'Urbe furono due. Due fratelli gemelli costruttori: la loro fu la prima impresa edilizia di Roma a conduzione familiare.

La storia dei due gemelli è abbastanza travagliata, già dall'epoca del concepimento. Un concepimento divino, potremmo dire, se non fosse per il fatto che Marte non fu proprio un gran paìno* e approfittò, dietro una comune fratta, della vestale Rea Silvia, figlia del re di Alba Longa e discendente di Enea in persona, non ascoltando le rimostranze della fanciulla che, in quanto sacerdotessa devota alla dea Vesta, aveva fatto voto di castità. Il fattaccio ormai era stato compiuto e Marte non si era certo più fatto sentire. Allora, la nostra giovane ragazza madre partorì due gemelli e, dopo averli messi in una cesta, li affidò ai flutti del Tevere per evitare che facessero la sua stessa fine: Rea Silvia infatti morì sepolta viva perché non era riuscita a conservare l'onore.

Così, sotto i migliori auspici, questi due fratelli, nella cesta di vimini, andarono in direzione del mare, grazie alla corrente. Ma a metà percorso, prima di arrivare al mare, Fato volle che questa cesta si incagliasse in una zona palustre piena di zanzare, quella che oggi corrisponde esattamente a via Luigi Petroselli civico 32, proprio lì dove c'è il portone dell'anagrafe. E ancora oggi, a testimonianza di questo avvenimento mitico, se uno ci va quando all'anagrafe si lavora – cioè la mattina dei giorni dispari dei mesi pari dell'anno bisestile dalle 10,00 alle 10,10 massimo 10,15 – non trova certo la cesta di vimini, ma trova sicuramente le zanzare.

Ma torniamo ai due gemelli costruttori: di nome facevano Romolo e Remo, il cognome invece gli storici non lo hanno mai detto per motivi di privacy. Essendosi la cesta incagliata tra le canne del fiume, questi due bambini non poterono più andare al mare e si misero a piangere. Il Fato volle che, nei pressi di quel canneto, ci fosse la tana di una lupa che, attirata dai vagiti degli infanti, disse (abbaiò? ululò? Vabbe', lo volle il Fato, non stiamo a sottilizza') ai due bambini costruttori: «Ma perché vagite? Non vagitate».

«Noi volevamo andare al mare a nuotare, ma la cesta s'è incagliata e per colpa delle canne ci siamo fermati qui!»

«Ma da dove venite piccini, con questa cesta di vimini?»

«Da Vimini.»

«E dov'è?»

«Non lo sappiamo ma è un posto molto lontano.»

«Be', è un lungo viaggio fatto sulle acque del fiume. Avete fame?»

«Sì, tanta.»

«E da quant'è che non mangiate?»

«Da trc giorni.»

«Allora il bagno lo potete fare.»

«Tu non hai niente da mangiare, o lupa? Noi abbiamo una fame da lupi.»

«Pure voi? Io avevo dei cuccioli di lupo ma mi sono morti, ora i piccoli lupini non ce li ho più ma vi posso dare il latte...»

«I lupini col latte fanno acidità... ma almeno è della Centrale?»

«No, è il mio!»

«Uhm... ma almeno è pastorizzato?»

«Lascia stare, sto aspettando il pastore da due giorni...»

Così, col latte di lupa non pastorizzato, i due fratelli costruttori crebbero e diventarono grandi e forti. La lupa li allevò come una mamma, ma un brutto giorno arrivò un cacciatore etrusco che sparò con la lancia alla lupa che nottetempo si era travestita da nonna di Romolo e Remo.

E questa è una versione, ma l'altra versione dice che per due bambini sarebbe stato impossibile bere il latte di una lupa, non avrebbero neanche potuto intingerci i biscotti. Secondo Tito Livio, infatti, pare che per lupa si intendesse una meretrice che si prostituiva con i pastori.

Ormai senza guida e senza latte, i due orfani rimasero soli, in balia del Fato. Remo, il gemello buono, stava sempre a casa della mamma lupa da poco morta, mentre Romolo usciva spesso e diceva al fratello: «Non stare sempre rintanato! Vieni con me, andiamo a prendere un po' d'aria fresca».

«Ma non ti vergogni?! Mamma è ancora calla*. Solo ieri è uscito il beccamorto* da casa nostra, e tu già vòi anna' fora* a fa' un giro?»

«A scimunito! Guarda che non c'è niente de male a volesse svaga' 'n attimo! T'ho chiesto solo se ti andava di fare un giro per il paese!»

«Ma quale paese? Qui non c'è nessun paese...»

«Allora vorrà dire che lo costruiremo noi. Anzi, altro che paese, una città!»

«Sì lallero*, 'na città. E come si chiamerà 'sta città?»

«Roma!»

«Così corto?»

«Sì, perché così sarà più facile da mettere sulle targhe delle macchine. Io adesso me ne vado.»

«E mo*, dove vai?»

«A compiere il mio destino, vado a tracciare il sacro solco!»

«Ma dove vai da solco?»

«Vado a costruire la città.»

«Tu la fai facile: serve il progetto, il piano regolatore, servono i permessi...»

A quel punto Romolo fu preso da un sussulto d'orgoglio e con un lampo d'ira negli occhi tuonò al fratello: «Guardami, Remo: io non devo avere il permesso di nessuno, io sono il capo, obbedisco solo al Fato, io... Quindi: o Fato come dico io o qui finisce in tragedia. Erigeremo, anzi erige-romolo, una città bellissima, enorme, immensa, che non finisce mai: una Città Eterna. Roma nascerà qua, e tutti ce la invidieranno. Piena di stadi, piazze, arene, acquedotti, metropolitane...».

«E che cosa sono?»

«Delle tane da metropoli» rispose Romolo, sempre più infervorato. «E poi ancora... case, vicoli e palazzi, perché lei ama i colori...»

«Ma che stai a ddi'?»

«Lascia fare, capirai... Poi ci ingrandi-remo, anzi ci ingrandi-romolo, toglie-romolo le case e mette-romolo gli alberghi, la società dell'acqua potabile, vicolo Corto, corso Magellano e vicolo Stretto. E tutti verranno da me a comprare e diventerò ricco!»

«Tu sogni, fratello mio!»

«No, caro. Io non vendo sogni, ma solide realtà! Noi edifiche-romolo un Impero circondato da alte mura impenetrabili, con immense porte inviolabili a cui daremo dei nomi: Porta

Metronia, Porta Maggiore, Porta Pinciana, Porta Portese e Portaromanabellaportaromana. E da esse partiranno grandi vie di comunicazione per tutto l'impero: qui costrui-romolo l'Appia, qui l'Aurelia, qui la Thema, la Fulvia e la Ypsilon X...»

«E, queste strade, dove andranno?»

«Remo, quante volte te lo devo di'? Non è importante andare, l'importante è venire a Roma. Verranno da tutto il mondo e per vedere tutte queste meraviglie pagheranno un biglietto...»

«Tipo il luna park?»

«De più!»

«Tipo Mirabilandia?»

«De più! De più! Voglio Gardaland! Ecco, questo è il Pomerio, il sacro solco, e dentro questi aurei confini sorgerà la mia Roma e chi attraverserà questo solco troverà la morte per mano mia...»

«Pure io che so' tu' fratello?»

«Chiunque!»

«A Romole'...»

«Arindanghete*!»

«Ma invece de costrui' tutta 'sta roba che so' solo impicci, perché non tiriamo su tutte villette a schiera unifamiliari, che affittiamo e con l'affitto ci paghiamo il mutuo della tana?»

E Romolo, sprezzante: «Ma guardati, fai pena. Sei un uomo senza ambizioni!»

«Sì, ciao core*! A Romole', io mo me ne vado ché m'hai stufato!»

«Vai un po' indo' te pare, ma bada a non attraversare il sacro solco de Roma!»

Remo, incurante dell'avvertimento del fratello, attraversando il solco aggiunse: «Sei ridicolo, ma chi ti credi di essere? E poi finiscila co' 'sta storia de Roma!». E Romolo, prendendolo per il collo con una mano, rispose solenne: «Io la storia de Roma non la finisco, io la comincio! Adesso. E tu mori!».

E detto ciò, lo strangolò con una lancia.

Vedi un po' la storia quant'è crudele: Roma nasce perché qualcuno muore. Facevo bene io a studiarla sempre meno.

La morte genera la vita e viceversa. La città quadrata (perché quadrata fu la prima pianta della Città Eterna), da quel poco che so, basa le fondamenta delle sue conquiste sulla morte.

Questo il destino di Roma: usare la morte degli altri per rimanere immortale!

È così da sempre.

E anche per noi romani d'oggi la morte è un'intima, profonda necessità. Esorcizziamo con essa le malefatte della vita: non è soltanto un punto di arrivo, ma un punto di partenza, di-partire è un po' morire. La morte diventa una ragione di vita. E, quindi, perché temerla? È molto meglio, credete a me, prenderci confidenza. Solo così, non temendola istericamente, ci si può accorgere delle sue mille sfaccettature.

Per noi romani la morte non è soltanto drammatica, catartica, risolutiva. No, per noi è anche benaugurante, complimentosa, ossequiosa.

Tant'è vero che se a Roma uno compra qualcosa di nuovo, che so, una moto, un'auto, una casa, la vedi e ti piace, tu sei quasi spinto ad affermare ammirato: «Mortacci tuaaa*...» allungando la A se ti piace molto e aggiungendo «E de tu' nonno» se ti piace moltissimo, facendo partecipi gli avi di quest'acquisto.

E di questi avi non te ne basta uno solo, no, ne vorresti tanti, e di questi tanti, i migliori: «Li mejo mortacci tua e de tu' nonno».

E di questi migliori, non ti fermi certo alla materialità, vai all'essenza. Non prendi certo il corpo, ma solo l'anima: «L'anima de li mejo mortacci tua e de tu' nonno».

DEL PERCHÉ A ROMA SI CANTA (COSÌ)

Ovvero

IL CODICE TARATATUNDA

Dove eravamo rimasti? Ah, già, all'anima de li mejo mortacci tua e de tu' nonno.

Certo, a chi non è della Capitale, un linguaggio del genere può sembrare scurrile, addirittura un po' osceno, ma identifica in pieno la personalità di chi abita queste antiche terre del Lazio.

Perché noi romani siamo votati naturalmente all'esagerazione, hai voglia a dire ai tuoi concittadini: «A rega', non se famo riconosce'».

Macché.

Appena fuori dalle mura Aureliane, sentiamo la necessità di esprimerci amplificando, quasi avessimo inconsciamente paura di perdere le peculiarità che ci contraddistinguono. Esageriamo parlando per essere riconosciuti. Un tenero tentativo di «marcare» animalescamente un territorio, anche se non ci appartiene.

E cos'è questo se non un antico retaggio della nostra storia di conquistatori? Aborrite per fortuna le guerre, cerchiamo di conquistare verbalmente. Certo, non parliamo più in modo forbito il latino, ma in modo volgare la lingua volgare: «Ahò*, ma de che, ma che stai a di', ma che devi da fa', ma che te devo da di', te n'ha d'anna'*, sì lallero, 'namosene*, va'».

E magari siamo gli stessi che a Roma usano un atteggiamento mite, un linguaggio elegante, per niente aggressivo: notabili, professionisti, impiegati di concetto che abitano in attici e superattici.

Lo stesso concetto, la stessa situazione:

in casa (con perfetta dizione): «Scusa, tesoro, se non ti è di peso, mi porgeresti testé la caraffa dell'acqua per inumidirmi leggermente le labbra?».

fuori casa (gutturale): «Ahò, a secca, passame 'n po' 'a boccia dell'acqua, che co' 'sto prisciutto de paese m'è presa 'n'arsura!».

Non c'è niente da fare, siamo coloriti, colorati, nel fare, nell'agire, ma soprattutto nel parlare. Il romano verace ha questa lingua a tinte forti, al posto del vocabolario ha una tavolozza piena di colori: il romano non parla, dipinge, tratteggia, scolpisce, cesella, sfuma. (Ma quanto sfumano i romani?)

E quando non sfuma... canta.

Canta canzoni un po' così, fatte alla carlona, musicalmente elementari, per usare l'idioma della Capitale: canzoni un po' teratera*.

Anzi, più che *teratera*, direi *taratara... taratatunda tunda...* a mo' di stornello, in tono maggiore... *taratatunda tunda tunda...* e questa è la musica.

Per le parole, poi, peggio mi sento. I testi si ispirano quasi esclusivamente all'allegrezza, all'ebbrezza, ma soprattutto al vettovagliamento, all'abuso di cibo sprocedato*.

Fateci caso, e immaginatevi adesso uno stornellatore con la chitarra in mano: si attacca col *taratatunda tunda tunda* e si parte con versi indimenticabili come

e quando er vino mbe',
c'ariva ar gozzo mbe',
ar gargarozzo mbe',*
ce fa un ficozzo mbe',*
pe' falla corta, pe' falla breve,
mio caro oste
portece da beve', da beve', da beve'...

e via col *taratatunda tunda tunda*, si continua con

lo vedi ecco Marino,
la sagra c'è dell'uva,
fontane che danno vino,
quant'abbondanza c'è.
Appresso ce vie' Genzano
col pittoresco Albano,
s'annamo a mette' lì, Nanni', Nanni'...

per finire, sempre col *taratatunda tunda tunda*, a

ce piaceno li polli,
l'abbacchi e le galline,
perché so' senza spine
nun so' come er baccalà:

la società dei magnaccioni,
la società de la gioventù,
a noi ce piace de magna' e beve,
e nun ce piace de lavora'!

Voi capite che canzoni come queste, in mani e soprattutto in orecchie sbagliate, possono indurre a un'inesatta considerazione del *civis Romanus*.

«E nun ce piace de lavora'!»

Confessiamolo. Una frase del genere potrebbe anche far sorgere il dubbio a qualcuno, magari un po' prevenuto, che tu romano sei leggermente scansafatiche, sfaccendato, fannullone. E tutto per colpa di chi ha scritto questa canzone.

Questa cosa non mi dà pace.

Intanto tu autore se proprio ci tieni a questi versi immortali ti prendi la tua responsabilità e parli al singolare. A parte che l'hai scritta al tempo de mi' nonno... ma che te dice la capoccia* di coinvolgere l'intera popolazione? Ma l'hai fatta un'indagine Doxa, hai chiesto a qualcuno se era d'accordo? Nòne*! E allora parla per te: «Mi *piacciono li polli,* Mi *piacciono l'ab-*

bacchio e la *gallina*»: una. Quante te ne vòi magna'? «*Perché so' senza spine e nun so' come il baccalà.*» Questa affermazione poi è gravissima. Tu, autore romano, che c'hai contro il baccalà? Che t'ha fatto? Ma non capisci che disprezzando il baccalà fai un'implicita dichiarazione di guerra ai popoli del Nord... quelli della Nordvegia?! Ma come? Quelli si fanno un mazzo così per pescarlo, salarlo, metterlo ad asciugare per mesi e mesi... Dai, un po' di rispetto!

È normale che non siamo benvisti dalle popolazioni laboriose del Nord, sempre dedite al lavoro.

Oddio, a noi romani, già da Viterbo in su non è che ci vedano proprio di buon occhio. Figurati nel profondo Nord, che so... a Ponte di Legno, dove ci sono quelli vestiti di verde, quelli che una volta l'anno si chinano per raccogliere l'acqua del Po nelle ampolle, per capirci, quelli che ce l'hanno duro... che poi se ce l'hai duro è pure difficile chinarsi per raccogliere l'acqua del Po, ne puoi raccogliere giusto un po'.

Be', quelli al solo udire l'introduzione musicale di queste canzoni, il famoso *taratatunda*

tunda tunda, tappano le orecchie ai bambini, sputano per terra, bestemmiano in celtico.

Perché quelli credono, proprio a causa di queste canzoni, che noi a Roma ci alziamo sì presto la mattina, ma non per lavorare. No. Ci alziamo presto per apparecchiare un'enorme tavolata che va da raccordo a raccordo. Anzi, quelli credono che noi, il Grande Raccordo Anulare, l'abbiamo costruito apposta per portare da mangiare tutto intorno al tavolo. Perciò è a tre corsie: primo, secondo e contorno.

Quelli vestiti di verde credono che, venendo nella Capitale, passando per l'autostrada del Sole, fino ad Attigliano non succeda nulla, ma già a Fiano Romano pensano di poter trovare un'aletta de pollo sotto il guard rail, una braciola di maiale nella piazzola di sosta e al casello, vicino al Telepass, credono di trovare il casellante, vestito da Rugantino, col mandolino in mano, che recita:

T'invidio turista che arrivi,
t'imbevi de fori e de scavi,
poi tutto d'un tratto te trovi
fontana de Trevi ch' è tutta pe' te.

Ce sta 'na leggenda romana,
legata a 'sta vecchia fontana,
per cui se ce butti un soldino
costringi er destino a fatte torna'!

Giuro, non è così! Per quanto possa valere, chiedo scusa per questo malinteso, e soprattutto per quell'autore romanesco che nun je piaceva il baccalà.

E chiedo venia ai vicentini che, con una genialità culinaria che non ha pari ma soltanto dispari, hanno fatto di questo umile pesce del Nord un piatto che ha superato i confini della nostra grande patria.

Purtroppo queste canzoni danno ragione a tutti quei detrattori convinti che noi a Roma non facciamo altro che mangiare.

Per fortuna ce ne sono anche altre e di tutt'altro spessore, dalle tematiche più profonde, esistenzialiste, musicalmente scritte in tonalità minore, che grazie a Dio si discostano dai toni ridanciani delle canzoni scritte in maggiore, dove l'unico pensiero è mangiare senza freni e abbuffarsi a rotta di collo! Queste altre invece sono canzoni meste, melanconiche, tristi e appassionate, diciamo mortaccine*, canzoni dove si muore a rotta de collo...

Nelle canzoni romane il luogo deputato per morire è quasi sempre il Tevere. Il biondo Tevere. Questo fiume affatato che fa più vittime lui di uno tsunami.

Chi ce casca dentro per una sua tragica fatalità, chi ce vie' cascato per la fatalità di qualcun altro e chi buttandosi per pene d'amore vedendo l'acqua sporca e inquinata decide di morire d'infarto a metà strada.

La gente casca dentro al fiume come da Ikea, con tutto il carrello. Che se un giorno dovessero prosciugare il Tevere, ce sarebbe più gente lì che al cimitero del Verano, per parlare solo di quelli che troviamo sul fondo del fiume, quelli che appozzano nella fanga e nella mollaccia*.

Poi ci sono quelli che galleggiano, sempre sulla cresta dell'onda anche da morti, che vanno pe' corrente e si ritrovano tutti alla foce del Tevere, a Fiumicino, in pieno Tirreno e, tra le onde, possiamo immaginare che se la raccontino così:

«Toh, guarda chi c'è! Chi more se rivede!».

«Ma te, piuttosto, che ce stai a fa' qua?»

«Che non lo vedi, sto facendo il morto a galla!»

«E com'è successo? Aricconta*.»

«Ma che ne so? Ero andato con mia moglie da Ikea a comprare una libreria in tek, in puro legno massello, e glielo avevo pure detto: "Leghiamola 'sta roba, che è pericolosa, se famo male". "Non ti preoccupare, la reggo forte io" m'arispose lei, "tanto dobbiamo fa' pochi chilometri." Oh, all'altezza de ponte Garibaldi, per evitare un motorino, faccio una sterzata, finimo drento* al fiume e io moro affogato.»

«E lei?»

«Lei, bon'anima, s'è aggrappata alla libreria e s'è salvata, morammazzata!»

Insomma, de dritto e de rovescio, se è vero come dice il detto che *col foco scherzace poco, coll'acqua che va pe' corente, nun ce scherza' pe' niente*, le canzoni legate al fiume rispettano questo crudele destino e i suoi protagonisti passano a miglior vita come se niente fosse.

Periscono anche tre o quattro persone per canzone, al punto che io avrei fatto un decreto legge che al massimo potevano mori' due persone alla volta. Così è troppo, dai, non è una canzone, è una strage: una strage cantata.

A sentire questa musica funerea t'affliggi così tanto che, se metti un cd in macchina, alla terza traccia ti prende la depressione più totale, alla quinta per salvare le sorti del viaggio vorresti solo procurare un tamponamento a catena con gli altri viandanti, alla decima c'è una voglia di eutanasia nell'abitacolo che ambiresti a farla finita per sempre, ad annientarti, spereresti che un camionista ubriaco, inseguito dalla polizia, alla guida di un autotreno carico di lastre di marmo di Carrara fatte in Cina – con la scritta contraffatta *Malmo di Callala* – non rispettando lo stop, intruppandoti* in pieno di fianco, sganciandosi la sponda, liberasse tutto il carico seppellendoti al centro dell'incrocio, tanto la lastra di marmo sopra ce l'hai già, devono scrivere solo nome e cognome. Così la faresti finita e bona notte i sonatori*.

DEL PERCHÉ DELLE GITE FUORI PORTA

Ovvero

LA MALEDIZIONE DELL'AUTOREVERSE

Posso scrivere da competente di stornelli e musica folcloristica. Ne ho esperienza diretta, fin da quando ero un pivetto*.

All'epoca mio padre comprò nuovo nuovo... seminuovo... diciamo poco usato, un pulmino 850 della FIAT. Di quelli bianchi, con le ruote posteriori piegate verso l'interno – quando era vuoto – che magicamente sbracavano verso l'esterno non appena qualcuno ci montava sopra. Per capirci, quei pulmini in uso alle suore: la FIAT li costruiva già con le suore drento, erano di serie.

Ecco, mio padre ne comprò uno usato, fece sorti'* le suore, e ci mise noi di famiglia.

Il primo SUV ante litteram.

Noi, con quello, a Pasquetta, il 25 aprile, il Primo Maggio andavamo a fare le gite fuori porta. Anzi, più che fori porta, era «porta fori... tutto da casa»: un trasloco in piena regola.

«Io porto lo stennarello*, visto mai ci venisse voja de du' fili de pasta fresca.»

«Sì, sì, porta, porta!»

«E che dici, lo portiamo il tavolino co' le sedie della cucina?»

«Sine*, stacca pure i pensili, ponno servi', anzi pija pure il lavandino e il forno.»

«E il divano?»

«Ma sì, portamoselo, magara* qualcuno se vole fa' 'na pennica*.»

E via che si partiva tutti insieme. Ogni famiglia con la propria macchina e ognuno nel proprio cofano metteva la pietanza che sapeva cucinare meglio.

Mia madre, per esempio, era bravissima a preparare i pomodori col riso. Faceva certi pomodori col riso... Li andava a scegliere personalmente nell'orto. Pomodori talmente grandi che la pianta faceva un frutto solo a stagione... Quando la pianta vedeva arrivare mamma, la guardava e diceva: «A signo', più grossi di questo nun me vengono, e poi mica so' un cocomero: io, fatto questo, me secco!».

Mia madre portava il pomodoro a casa con la carriola, poi col frullino apriva la parte superiore, con il piccone levava la polpa, e poi ci scaricava quattro o cinque cofane di riso e lo metteva al forno. Un pomodoro per volta perché due non c'entravano.

Zia Carmela invece preparava le fettine panate, ma ne faceva anche venti, trenta, cento di fettine panate.

«Che dici, basteranno?»

«Mmh, per dieci di noi? Fanne 'n'artra novantina, metti che verso le quattro ce vie' un languore.»

Sì, perché per noi la paura non era tanto per la fame dell'una, quanto per il languore delle quattro.

Capirai, mia zia Carmela alle tre di mattina era già all'opera con le fettine panate; alle cinque aleggiava una puzza di olio bruciato dentro casa, che accorava.

Che poi le fettine panate, fritte alle tre di notte e mangiate all'una, non è che si indurivano. No. Diventavano pezzi di Eternit. Tant'è vero che, non potendole infilzare con la forchetta, per servirle venivano lanciate direttamente a mano, tipo frisbee. Alcune fettine, uscite a mezza luna, se davi l'effetto giusto tornavano pure indietro.

Mio zio Renato, che Dio lo abbia in gloria, era specializzato nella carne alla brace. Rosso di capelli, pieno di lentiggini, al Nord lo avrebbero chiamato Pel di Carota, anche se lui non aveva niente a che fare con gli ortaggi. Faceva il macellaio e, siccome quando stava a bottega entrava e usciva dal frigorifero, aveva sempre male de reni. Poro* zio Renato: per questo motivo noi lo chiamavamo Sde-Renato.

Prima della gita ci chiedeva: «Che dite, le faccio du' spuntature de maiale?».

«Ma sì, falle duecento spuntature de maiale...»

«E du' salsiccette de maiale, le faccio?»

«Ma sì, falla 'sta quintalata de salsicce de maiale...»

«E du' braciole de maiale le porto?»

«Ma scusa, porta direttamente il maiale, no? Casomai lo ammazzamo là.»

Chiamato direttamente in causa, er maiale risponneva: «Ma che, davero, davero*? Io vojo mori' a casa mia, non mi va di andare a morire ammazzato chissà 'ndove».

Non è che avesse tutti i torti.

E infatti, io e zio, un paio di giorni prima, preparavamo psicologicamente l'animale alla sua dipartita. Appena entravamo nel recinto zio Renato, un po' fissato con la pulizia, si lamentava: «Certo che mi moje lo potrebbe tenere un po' più pulito, 'sto porcile». Poi ci avvicinavamo al maiale e cominciavamo a buttare lì frasi del tipo: «Mah! Che cosa siamo?».

«Eh, la vita... la vita è tutta una fregatura!»

«Bah! La vita è un'affacciata de finestra!»

«Uno core core, ma poi perché?!»

«Dai retta a me, zio: è meglio un giorno da leone che cento da pecora...»

Al che il maiale ci guardava come per dire: e a me che me frega, io so' maiale!

Poi zio gli si avvicinava sempre di più: «Ma che te devo di', Enrico, nipote mio? Io perché c'ho li parenti... Sennò, te giuro, se io avessi la fortuna d'esse' solo come lui» e additava il maiale, «ma lo sai quante volte me so' detto: "Mo la faccio finita?!"».

A questo punto la bestia lo guardava come per dire: «Ecco, bravo, falla finita, tanto ho capito dove vòi anna' a para'» e, raggiunta la consapevolezza, accettava il suo crudele destino con dignità. Si depilava tutto, si metteva una fascia bianca col Sol Levante in fronte, si infilava un limone in bocca, una carota da un'altra parte e partiva a razzo dando una tremenda capocciata* al muro del porcile.

Una volta un maiale diede una capocciata così forte che per il contraccolpo gli partì la carota come un razzo e prese mio zio nelle parti basse. Da quel giorno lo chiamammo Pal di Carota.

Comunque, come stavo dicendo, per quelle gite mangerecce non ci facevamo mancare nulla.

Al pane pensava zio Sandro, che aveva il fornaio sotto casa. Non tante pagnotte, però: una sola che faceva per tutte. Una pagnottona così grande che, per portarla meglio, il fornaio la faceva direttamente con le maniglie.

L'altro mio zio, Salvatore, aveva il compito di portare le fave col pecorino: lui, le fave, andava a prenderle direttamente all'orto.

Dice: «Quale orto?».

«All'orto de zio, quando non c'è lui ce sto io.»

Riempiva tutta la sua 127 verde, ma di un verde pisello che con le fave ci stava a cecio! Levava i sedili di dietro e le stipava lì, mentre sul sedile davanti, al posto del passeggero, ci metteva seduto il pecorino e gli allacciava pure la cintura.

Felice, co' 'sta tafana* di pecorino in macchina, inebriato come se c'avesse vicino un Arbre Magique al pino silvestre.

Appena arrivato, diceva a tutti: «Tie'! Che v'ha fatto 'sto pecorino?».

«A noi niente, a te che t'ha fatto... puzzi che accori*!»

Ma le pietanze non finivano certo con le fave e il pecorino, nooo! C'era chi portava il timballo de melanzane, i cannelloni, le lasagne, i rigatoni alla gricia, l'abbacchio ai ferri, gli involtini al sugo, le polpette di carne, i peperoni ripieni, e pe' sgricila'* qualcosa in macchina, pure qualche rosetta* con la frittata de pasta. E ancora fascioli all'ucelletto, trippa coi fascioli, fascioli con le cotiche, fascioli all'agro, fascioli in umido, fascioli ripieni, pasta e fascioli!

«E se a 'na certa ce vie' un languorino?»

«Be', se famo du' spaghetti ajo e ojo e un po' di insalata per sta' leggeri!»

Bene, questa carovana di gente portava talmente tanta roba da mangiare che la FAO, in confronto a noi, sembrava una bancarella de bruscolini.

E si partiva! Ognuno con la macchina sua, venivano saldate paraurti con paraurti, perché c'era il pericolo che a un bivio qualcuno sbagliasse strada e se perdesse 'na portata. Ma che davero, davero?

Sull'orario della partenza mia madre era categorica: «Allora, domani mattina alle cinque, belli freschi freschi, si parte».

«Alle cinque freschi freschi?»

Alle cinque c'era gente co' l'occhi abbottati de sangue così! Chi ancora col segno del cuscino, alcuni addirittura col segno del bottone...

«Ma se pò sape' perché partimo così presto?»

«Così s'avvantaggiamo!»

«Ma perché, contro chi coremo?!»

Il primo era mio cugino, fresco di studi da geometra, che giunto sul posto con la fettuccia da cantiere prendeva un appezzamento da due, tre ettari minimo, poi lo recintava con la rete elettrosaldata e ci attaccava l'alta tensione, così quelli che se volevano imbuca'* e magna' a scrocco* morivano.

Quando si era giunti allo sprofonno* voleva dire che si era arrivati. Allora si apriva un varco nella riserva, la carovana entrava e si disponeva con le macchine a cerchio. Nemmanco* fossimo i coloni americani. Come se gli indiani ce dovessero attacca' da un momento all'altro.

Mio zio Renato faceva il fuoco abbastanza presto: verso le sette accendeva la motosega, buttava giù cinque o sei querce secolari, abbatteva un po' di macchia mediterranea e preparava la brace.

Alle otto già era pronta.

«A Rena', alle otto de matina già hai fatto la brace?»

«Embe', se qualcuno se vo fa' 'na bruschetta co l'ajo, che, ja neghi?»

Schiacciante logica de zio mio: alle otto de matina chi è che non se vo fa' 'na bruschetta con l'ajo?

Mio padre era l'addetto alla musica: aveva fatto montare sul pulmino 850 della Fiat lo Stereo otto, della Grundig. Stereo otto, quello con le cassette grosse come quelle della frutta. Otto, perché servivano otto persone per infilarci la cassetta. La sua caratteristica peculiare è che aveva l'autoreverse, cioè passava autonomamente la cassetta dal lato A al lato B senza che nessuno di quegli otto ce mettesse mano.

Lato A (allegro): *tunda tunda tunda taratatunda tunda tunda.*

Lato B (triste): *tuuunda tuuunda tuuunda taratatuuunda tuuunda tuuunda.*

Lato A: se magna.

Lato B: se more.

Alle dieci di mattina, co' 'na capocciata mio padre accendeva lo stereo e alzava il cofano, cosicché tutta la vallata doveva sentire la nostra musica.

Tunda tunda tunda lo vedi ecco Marino la sagra c'è dell'uva *taratatunda tunda tunda* semo romani, trasteverini, semo signori senza quatrini *tunda tunda tunda* er core nostro è 'na capanna, core sincero che nun t'enganna *taratatunda tunda tunda* si stai in bolletta noi t'aiutamo, però da micchi nun ce passamo *tunda tunda tunda* noi semo magnatori de spaghetti e le trasteverine *taratatrunda tunda tunda* pe' falla corta pe' falla breve, mio caro oste portece *tunda tunda tunda* ce piacciono li polli, l'abbacchio e le galline *taratatunda tunda tunda* se famo du spaghetti a 'matriciana, portace' 'n'artro litro, che noi se lo bevemo *tunda tunda tunda...*

E con questo sottofondo motivazionale partivano i vettovagliamenti.

«Ahò, rotolame un par de pomodori col riso...»

«Vietteli a prenne', che io nun ce la faccio, so' da solo...»

«Ammappete* quanto coce* 'sta costatina d'abbacchio!»

«E te lo credo, è a scottadito!»

«Ahò tireme tre fettine panate, una la metto in mezzo e due ce faccio er pane...»

«Ahò, damme 'na fettina de cavallo...»

«Ecchetela, tie'!»

«Ma è dura!»

«Sarà la sella! Si vede che er cavallo era finito...»

Magnavamo talmente tanto e de core che il colesterolo usciva dai nostri corpi, ci guardava schifato da fuori e, prendendo sotto braccio i tre gliceridi, diceva sdegnato: «Andiamo via, io questi non li voglio più vedere», e montava sul 30 barrato verso casa.

E lo Stereo otto ancora...

Tunda tunda tunda se dice gent'allegra Dio l'aiuta, noi semo allegri e vòi sape' er perché *taratatunda tunda tunda* ogni tanto 'na magnata e 'na bevuta e tutto quanto il resto vie' da sé *taratatunda tunda tunda* portece a magna' e beve...

«Ahò, damme un goccio de vino, mica se pò mura' a secco!»

«È quasi fenito: so' rimaste otto damigiane da cinquantaquattro. Basterà?»

«S'in caso lo allungamo co' a gazzosa.»

Ma improvvisamente, intorno all'una di pomeriggio ora locale, l'autoreverse passava dal lato A al lato B.

Tuuunda tuuunda tuuunda...

Il sole s'anniscondeva* dietro alle nuvole...

«Ma che è successo, ahò?»

«Boh, sarà la musica, sbrigamose a magnasse 'sti petti de pollo prima che viene a piove'...»

«Tie', accompagnali co' 'sta bracioletta de maiale!»

«Ce stanno du' straccetti?»

«Che t'ha fatto 'sta sarsiccia de cignale?»

«Le fave e pecorino?»

«Dopo zio, dopo.»

Noi si cercava di fare come se niente fosse, ma ormai il clima era cambiato. Il *tuuunda tuuunda tuuunda* annunciava la prima di quelle canzoni mortaccine di cui ho scritto nel capitolo precedente: *Casetta de Trastevere*. Che non è proprio il fiume Tevere, è *tras*-Tevere, cioè dall'altra parte der fiume: comunque sempre in zona.

Fa piano murato' co' quer piccone,
nun lo vedi che c'è mamma lì.
Appiccicato proprio a quer cantone
ce stava er letto in dove ce mori'
e c'è rimasta, piano co' le pale
nun lo vedete che je fate male.
Casetta de Trastevere...

E noi (piangendo): «Madonna santa, che tristezza... Che ce l'hai un pezzo de pane, che voglio fa' la scarpetta a 'sti fascioletti?».

Zio Felice (coi lucciconi): «Ma che succede oggi? Magnamose 'ste fave cor pecorino».

«Dopo, t'ho detto.»

«Guarda che tra un po' fa 'no sgrullone*.»

«La vòi un po' de verdura?»

«No, io non magno la roba che dorme de fori!»

«Daje, finimose 'sta spasa* de rigatoni alla gricia...» e intanto lo Stereo otto continuava impietoso con la canzone der barcarolo (stavolta Tevere in pieno)...

Quanta pena stasera,
c'è sur fiume che fiotta così.

Disgraziato chi sogna e chi spera,
tutti ar monno dovemo soffri'.
Si c'è 'n'anima che cerca la pace,
pò trovalla soltanto che qui...

Er barcarolo va contro corente,
e quanno canta l'eco s'arisente.
Si è vero fiume che tu dai la pace,
fiume affatato fammela trova'...

Più di un mese è passato,
da quer giorno che dissi: «A Nine',
questo amore è ormai tramontato».
M'arispose: «Lo vedo da me».
Sospirò poi me disse: «Addio core,
io però non mi scordo de te».

Je corsi appresso ma nun l'arivai
la cerco ancora e nun la trovo mai.
Si è vero fiume che tu dai la pace,
me so' pentito fammela trova'...

Proprio sotto ar battello,
s'ode un tonfo ed un grido più 'n là.
S'ariggira, je fa' er mulinello,

poi riaffonna e riassomma più 'n là.
Su corete, è 'na donna affogata,
poveraccia penava, chissà!?
La luna da lassù fa capoccella,*
rischiara er viso de Ninetta bella.
Cercava pace ed io je l'ho negata
fiume boiaccia je l'hai data tu...

«Ho capito va: rimetti a posto le fave cor pecorino, se torna a casa, che oggi nun è aria.»

DEL PERCHÉ ROMA CON LA O
Ovvero
IL PRIMO PIANO REGOLATORE

Certo, se uno pensa alla Roma del 753 a.C., con la popolazione esigua che viveva in quelle terre laziali, si rende conto che la vita all'epoca doveva essere molto più spartana di quella che ho vissuto io.

Non credo che i primi abitanti della Città Eterna abbiano avuto a disposizione tutta quella roba da mangiare: non c'erano i pomodori col riso, in Europa non esistevano né i pomodori né il riso; il riso viene dalla Cina e a quell'epoca di cinesi ancora se ne vedevano pochi da 'ste parti, e i pomodori addirittura arrivarono dopo, nel 1492 con la scoperta dell'America.

Infatti in Europa li fece arrivare Cristoforo Colombo in persona che, per non presentarsi a mani vuote davanti ai reali di Spagna che gli avevano dato le tre caravelle, portò i pomodori, le patate, l'incenso e la birra. Calda, perché all'epoca non c'era il frigo.

E non c'erano nemmeno fave e pecorino: quanto meno non c'erano le fave, perché vennero con la scoperta dei piccioni.

Oddio, forse l'unica cosa che c'era già era il pecorino perché, almeno secondo Tito Livio, un acuto osservatore – che essendo romano era il primo osservatore romano dell'epoca –, pare che nel Lazio avessero già scoperto i pastori.

Tito Livio ci dice anche che Romolo, ormai eliminato Remo, si mise subito a inseguire il suo sogno di grandezza: rendere l'Urbe una grande metropoli. Aprì sette cantieri, uno per ogni colle: ognuno per costruire palazzi, palazzine e villette a schiera.

Dopo un paio di mesi, vedendo che i lavori non procedevano come lui voleva, andò su tutte le furie e fece chiamare il capocantiere.

«Come mai i lavori vanno a rilento?»

«Padron Romolo, lei ha ragione, ma non ci sono operai specializzati, l'ho detto anche al geometra stamattina, qui la manovalanza è quella che è, oggi come oggi a Roma ci sono solo ladri, manigoldi e pastori. D'altronde l'ufficio di collocamento questi ci ha dato, hanno poca dimestichezza con escavatrici, molazze, betoniere. Non c'è più nessuno capace di costruire le case in calcestruzzo. Nessuno che abbia voglia di fare lavori pesanti.»

«Me vòi cojona'*? Possibile? Nessuno nessuno? Ma scusa, andiamo ai semafori e prendiamo un po' di rumeni!»

«Sarebbe una soluzione, padron Romolo, ma così facendo sorgerebbero due problemi. Primo: i sindacati. La CGIL...»

«La CGIL? Che sigla è?»

«Canaglie Gaglioffi Impostori e Ladri. Ci farebbe subito la vertenza.» Romolo ci pensò un attimo. Poi gli si illuminarono gli occhi. Un'ideona.

«E noi facciamo un accordo con Usurai Imbroglioni e Lestofanti!»

«La UIL? Sta scherzando? Un'altra gatta da

pelare. E poi come le dicevo c'è il secondo, di problema.»

«Quale?»

«Se per costruire Roma adoperassimo i rumeni, dovremmo cambiare nome alla città.»

«Cioè?»

«Si dovrebbe chiamare Ruma.»

Perché l'origine del nome Roma era controversa anche allora: infatti non si sapeva se derivasse dall'etrusco *rumon*, che significa fiume, oppure – come narra un'antica leggenda – dal nome della moglie di Enea, Rhome, o se fu ispirato dal fico ruminale, sotto il quale i due gemelli venivano allattati dalla lupa. Ruminale, secondo alcuni, a sua volta deriverebbe dal latino *ruma* che significa mammella. E che c'entrerebbe Roma con una mammella? Perché sarebbe prosperosa, generosa, potente, appunto come una mammella e perché i suoi colli ne richiamerebbero la forma. Quindi, in sordoni*, cinque sono le ipotesi degli studiosi: *rumon*, Rhome, ruminale, *ruma* o rumeni, fate voi.

Romolo fissò un punto imprecisato nel cielo. Le labbra facevano dei movimenti impercettibili come se stesse imprecando tra sé e sé, tanto che il capocantiere gli chiese: «Padron Romolo, sta forse imprecando tra lei e lei?».

«Nòne, sto *rimuginando* tra me e me.»

«Che sta a fa'?»

«Sto a pensa'.»

«Scusi padron Romolo se mi permetto, ma quando uno pensa non muove le labbra come le muoveva lei poco fa fissando un punto imprecisato nel cielo come se imprecasse...»

«Io non muovevo le labbra come se imprecassi: prima di tutto io stavo pensando, e quando uno pensa a volte capita che quello che ha in mente lo dice ad alta voce...»

«Scusi ancora se mi permetto, e se lo faccio è solo per cercare di capire meglio il suo pensiero, che è innanzi tutto il pensiero di un grande uomo, che stimo e ammiro più di chiunque altro. Ma lei, padron Romolo, non parlava ad alta voce.»

«Vabbe', bisbigliavo! Te piace così? Guarda che tu fai venire i nervi, eh! Sei troppo fiscale: puntualizzi in maniera eccessiva! Tu sei un caro ragazzo, ma quanno te ce metti fijo de Dio! Rilassati un po', che già di problemi ce ne abbiamo tanti. Se te ce metti pure te co' queste stronzate... e che cazzo!»

«Scusi, io non pensavo...»

«E invece ce devi pensa'! Che cosa non pensavi?»

«Non pensavo che dicendo quello che ho detto prima...»

«E secondo te, io adesso, co' 'sto nervoso, mi ricordo quello che hai detto prima?!»

«Niente, quella cosa dei rumeni...»

Romolo era esasperato.

«"Quella cosa dei rumeni" è generico. Che vor di' "Quella cosa dei rumeni"? Lo vedi? Poi dice che uno si 'ncazza. Tu dagli altri vuoi la precisione assoluta, misuri le virgole col metro, guai a di' una parola al posto de 'n'artra. Ma quanno se tratta de te, fai come te pare... Io te lo dico per il bene tuo: guarda che è un atteggiamento sbagliato, e mi dispiace ma è un atteggiamento che si riflette pure sul lavoro, e non sono il solo a pensarla così... eh... a questo punto me sfogo pure io...»

«Ma io prima nun me so' sfogato!»

«E neanche io prima: *adesso* me voglio sfoga', va bene? Sarò padrone de sfogarmi? Sono o no Romolo il grande, il proprietario de tutti 'sti cantieri? Posso dire pure la mia, o devo chiedere il permesso a te? Vabbe', chiusa parentesi. Che me stavi a di' prima, dei rumeni?»

«Che se adoperiamo i rumeni dobbiamo cambiare nome alla città. Si dovrà chiamare Ruma!»

«Ecco. Dunque, famme pensa', famme rimugina', sta zitto n'attimo. *Ruma caput mundi*: nun se pò sentì! *O Ruma o morte*: peggio me sento. *Saluti da Ruma*... No, Ruma no, sa troppo di burino. Rinunciamo ai rumeni e vorrà dire che per costruire la città quadrata ci vorrà il tempo suo: d'altronde Roma è Roma, mica è un fiasco che s'abbotta. Lo dicono pure gli antichi... cioè, lo sto dicendo io oggi per primo, ma lo diranno i poster appesi a tutti i muri: Roma non è stata costruita in un giorno. E sc gli operai non sanno fare il calcestruzzo, vorrà dire che per ora faremo una città tutta di legno e paglia.»

Non si può dire che Romolo non fosse un fondatore dotato di buon senso.

DEL PERCHÉ LE DONNE SERVONO

Ovvero

IL RATTO DELLE SABINE

Malgrado le iniziali difficoltà, pian pianino Roma cominciò a prendere forma: ecco il primo ponte di legno, il primo obelisco di compensato e chiaramente le prime case popolari di truciolato.

Di giorno si lavorava fino alle quattro e mezza e quando poi gli operai staccavano, in una città ancora da costruire, non è che avessero molte cose da fare.

L'unico svago, usciti dal cantiere, era ritrovarsi tutti in piazzetta.

«Ciao, Tullio.»

«Ciao, Livio. Che, hai visto Muzio?»

«Pare che è scivolato e s'è fatto male a un piede.»

«Giura!»

«La mano sul fuoco non ce la metto... e a te come va?»

«Eh, come vuoi che vada? Pure oggi 'n'artra giornata de lavoro.»

«Tu che stai a costrui'?»

«La Stazione Termini, stamo a mette' i binari di legno. E te?»

«Bah, un Bingo in zona Quattro Fontane!»

Tutte le sere la stessa solfa.

Vedendo i suoi operai così abbattuti, Romolo cercava di tirare su il morale: «A rega', perché non annamo a Ostia a guarda' er mare?».

«Ma ce semo già stati ieri» fece Livio.

«E allora annamo a Fiumicino a guarda' er fiume che scorre!»

«Arindanghete Romole'? Ce semo stati settimana scorsa» fece Tullio.

«Allora annamo a Campagnano a conta' le pecore!»

«Ma dopo ce pija sonno» fecero in coro.

«Oh, con voi nun se pò fa' mai niente!» esclamò Romolo risentito.

«Io un'idea ce l'avrei» rilanciò Proculo Giulio, er mejo amico de Romolo. «Annamo a tira' li sassi nel lago de Bracciano...»

«Ma Bracciano è lontano, e poi l'ultima volta che ce semo stati c'è mancato poco che ammazzavamo uno che faceva il bagno...»

«Allora annamo a caccia de lucertole con la fionda» propose Maccio.

«A rega'» fece Romolo, ringalluzzito, «sapete che ve dico? C'ho un'idea da paura, se ammazzamo dalle risate: annamo a Orvieto a suona' i campanelli agli etruschi e poi scappamo!»

«Ma 'ndo' annamo? Ma c'hai visto come stamo? 'Nartro po' e ci devono raccoglie' cor cucchiaino*! E poi Muzio co' quella gamba 'ndo' va? A parte che poi a me non me va de core' dopo 'na giornata de lavoro. Ma che te credi, che stiamo a pettina' le bambole*?»

«Aripijateve*! Tanto pe' fa' una cosa diversa!» concluse Romolo.

Dopo un minuto di silenzio pieno di sospiri, il capocantiere, che ancora stranamente non aveva detto la sua, tristemente commentò: «A padron Romolo, so' dieci anni che famo sempre le stesse cose».

Il silenzio desolato che aveva preso il posto della discussione su cosa fare la sera fu rotto improvvisamente da una voce squillante, con una cadenza mai sentita prima: «Uè, bella gente, sapete mica indicarmi un barettino?».

Tutti si girarono a guardare il nuovo arrivato.

Romolo, squadrandolo dall'alto verso il basso, gli si rivolse minaccioso: «Che hai detto? Che vai cercando?».

«Ho detto se sapete dov'è un bar, un drugstore, un Sali e Tabacchi...»

«A fregno buffo*! Ma tu chi sei? Ma che vòi? Ma chi te conosce?»

«Giusto! Mi presento: sono Alberto.»

«Nun t'ho mai visto da 'ste parti, parli strano, sei rumeno?»

«No, vengo dal Nord.»

«Da 'ndove, dal Nord?»

«Vengo da Giussano, e tu chi saresti?»

«A bello! Io non saresti, io *sono*: Romolo, figlio di Marte e Rea Silvia e allattato da una lupa, capo e fondatore di questa città.»

«Ah, perché quest'accozzaglia di capanne di legno voi avete il coraggio di chiamarla città?»

«Ma che, cerchi rogna?»

«No, veramente cercavo un Tabacchi. Ma voi che state facendo?»

«Ci stiamo divertendo. Non lo vedi?»

«Senza musica?»

«Musica? Quale musica?»

«Musica dal vivo, un giradischi, un mangianastri, un lettore mp3...»

«E a che serve la musica?»

«Ma per ballare, no?!»

«E che, ballamo fra noantri*?»

«No, con le donne...»

«Donne? Ma quali donne, per carità. Ma chi le vo le donne? Un amico mio m'ha detto che c'aveva un cugino il cui fratello aveva conosciuto uno che stava con una donna. Oh, non era mai contenta.»

«Ma come fate senza?»

«Ci arrangiamo: noi facciamo tutto da soli.»

«Pure a casa, per le faccende domestiche? Guarda che le donne servono...»

«A fa' che?»

«Le donne son capaci a cucinare, a rammendare, a stirare i calzini, senza contare quello che possono fare la notte, non so se mi spiego...»

«Mah, te l'abbiamo già detto: siamo tutti amici, se serve una cosa ci diamo una mano l'un l'altro, quindi le donne non servono e poi, come vedi, qui in zona non c'è una donna nel raggio di cinquanta chilometri.»

«Se è solo per questo in un villaggio qui vicino, mi pare si chiami Albano, ho visto coi miei occhi delle donzelle niente male.»

«Ma chi? Le Sabine? Per carità Albe', lascia perde': io le conosco, so' provinciali, certe smandrappate*. E di me te pòi fida', che di Albano se pò di' che sono de casa. L'anno scorso le abbiamo invitate al cinema: ne fosse venuta una.»

«Ma scusate, amici romani, da quando in qua decidono le donne? Noi al Nord, quando ne vogliamo una, ce la prendiamo, anche con la forza se necessario!»

«Ma non sarà un po' barbaro?»

«Sarà barbaro ma funziona. Date retta a me, se volete delle donne bisogna farsi furbi: organizzate, che so, un aperitivo, un happy hour, e servite tutto finger food, come se foste in un lounge bar.»

«Albe', parla come magni*! Che dovemo fa'?»

«Organizzate una bella festa: prima invitate tutta la famiglia così non mangiano la foglia e portano anche le figlie, poi con una scusa dividete gli uomini dalle donne, poi organizzate un po' di giochi...»

«Come a Gardaland?» Romolo c'aveva sempre 'sta fissa...

«Di più! Organizzate il palo della cuccagna, guardia e ladri, la pesca di beneficenza, il tiro alla fune... poi, quando arriverà il momento della corsa nei sacchi, mettete in palio una bella lavatrice e durante la premiazione, approfittando dei fuochi d'artificio, con un inganno rapite le donne e ve le portate a casa e cuccate alla grande...»

«Be', sai che pò esse' un'idea?» disse Romolo, improvvisamente interessato. «Ma quando lo organizziamo, che stiamo sempre a lavora'?»

«Facciamolo il 21 agosto che i cantieri so' chiusi!» fece Maccio.

«E come invitiamo tutti?» chiese Proculo.

«Con una bella mailing list!» concluse Alberto.

E quel 21 agosto finalmente arrivò. Erano circa le tre del pomeriggio, all'ingresso principale c'erano Tizio, Caio e Sempronio. Tizio, da imbonitore, strillava: «Venite a vedere la Città Eterna! Biglietti, biglietti, signore e signori, è qui il divertimento, venite a vedere la Città Eterna con i famosi giochi equestri e le battaglie navali! Biglietti, biglietti, comprate il biglietto, venite a vedere le bellezze della Città Eterna...»

Caio e Sempronio controllavano: «Signora, mi fa vedere il biglietto?».

«Io ho la tessera...»

«Bene, vada pure nel settore A. Signorina, lei dove va?»

«Ho il biglietto ma sono con la famiglia.»

«Le femmine da una parte e i maschi da un'altra.»

«Allora, nonna, vieni con me...»

«Eh no, le nonne sono in un settore a parte e poi nell'invito avevamo anche scritto che andavano lasciate a casa!»

Piano piano il pubblico, diviso per settori, prese posto. Il diabolico piano sembrava funzionare.

Nel settore A, come racconta Tito Livio, erano state selezionate circa ottocento Sabine. Lo spettacolo procedeva per il meglio e il pubblico si divertiva. Il famoso presentatore Plaudo, a un certo punto, con un cenno della mano zittì il pubblico: «Signore e signori, dopo il balletto dei fauni e la maga Circe, eccoci finalmente arrivati all'angolo del debuttante: ecco a voi il nostro ospite, un giovane dalle belle speranze! A sconosciuto, vieni fuori dall'angolo e dicci come ti chiami».

«Carrisi. Mi chiamo Carrisi.»

«E da dove vieni, Carrisi?»

«Da Albano.»

«E che cosa fai nella vita ad Albano, Carrisi?»

«Canto.»

«Bene, bravo, ecco a te il microfono di legno: cosa ci canti, ragazzo?»

«*Senza una donna*...»

«Ah... E non hai un altro titolo, almeno per stasera?»

«*Felicità*?»

«Andiamo già meglio. E sentiamo, che cos'è per un giovane d'Albano, la felicità?»

«Be', per un giovane d'Albano la felicità sta nelle cose semplici... un bicchiere di vino con un panino, la felicità... è lasciarti un biglietto dentro al cassetto, la felicità... la canto?»

«No, è come se la conoscessimo già, non c'è bisogno, vinci il premio Piccola Roma: ecco a te una Roma in miniatura. Bene, salutiamo con un bell'applauso questo giovane d'Albano che se ne va con la sua Piccola Roma... attento, non la perdere! E siamo finalmente arrivati alla fine di questa bellissima giornata, ma prima di lasciarci è il momento che tutti aspettavamo: la corsa nei sacchi. Per il vincitore c'è in palio una bellissima lavatrice in puro legno massello. Il regolamento prevede che la corsa nei sacchi sia riservata soltanto alle donne Sabine giovani e belle. Bene, mi dicono che sono cinquecento. Adesso si infileranno nei sacchi...»

«Plaudo» sussurrò Romolo da dietro le quinte, «prendiamo solo quelle non sposate, mi raccomando, se no i mariti Sabini ce crocchiano*...»

«Hai ragione. Scusate, qui il comitato suggerisce un'altra piccola variazione al gioco: possono partecipare alla corsa nei sacchi solo le donne giovani, belle e nubili; le altre possono andare. Bene, queste quattrocento Sabine rimaste dovranno infilarsi dentro al sacco e spogliarsi tutte nude...»

«Plaudo!»

«Oh santo Romolo, che c'è ancora? Giuro che questa è l'ultima volta che faccio il presentatore per te!»

«Ci ho ripensato: prendiamo solo le vergini...»

«Ma come solo le vergini?»

«Dai retta a me, m'hanno detto che c'è più gusto!»

«Scusate ancora, ma oggi il comitato è molto esigente: ha aggiunto un'altra piccolissima variazione per rendere il gioco più divertente. Di queste quattrocento Sabine finaliste possono partecipare solo quelle vergini, d'altra parte ne vale la pena, come primo premio c'è in palio una bella lavatrice di legno massello in doppia classe A! Ecco vediamo le ragazze ormai non più vergini che mestamente stanno lasciando il posto alle compagne più virtuose... senza offesa per nessuna, è solo un gioco... Purtroppo sono in molte ad andare per lasciare spazio alle più morigerate... di questo passo se arriveremo a una manciata di Sabine sarà grasso che cola... si contano sulle dita di due mani... una mano. Ma è impossibile! Ne sono rimaste solo cinque... quattro... tre... due... una... è rimasta solo una... signorina... ma dove sta andando? Scusate... ehm... Sabine... non andate via! Ma dove state andando tutte? A Ro', nun ce ne stanno di vergini... nun ce stanno come le vòi te...»

«Dije che stavo a scherza'...»

«Il comitato su quest'ultima variazione stava scherzando, ma poi in fin dei conti... per quello che serve a noi... anzi, meno siete vergini e più potete saltare... nude... col sacco... a casa... Ora il servizio d'ordine per cortesia... il servizio d'ordine può legare mani e piedi ai familiari delle partecipanti per evitare scorrettezze... Bene: al mio via le ragazze dovranno correre, ed entrare nelle nuovissime case della città, ognuna in una casa diversa. Ecco, la bella moretta dalle labbra di cerasa* col numero dieci, per cortesia vada al civico sei che è casa mia, e tu Romolo, quale vòi?»

«Una vale l'altra, l'importante è che sia nubile.»

«Ecco, gentile pubblico: le ragazze sono tutte dentro le case che verranno chiuse dai rispettivi proprietari. E ora, a Roma, con tutte queste case chiuse, il gioco sta riuscendo alla perfezione: se qualcuno me chiude pure la mia, prima che la Sabina numero dieci ci ripensi, grazie... Ma il gioco non è finito qui: le ragazze dovranno zompare per casa per tutta la notte, quindi preghiamo i familiari, legati mani e piedi, di tornarsene ad Albano e domani verrà comunicato ufficialmente il nome della vincitrice...»

Mentre ancora Plaudo stava parlando, Romolo, impaziente di aprire il suo sacco, tornò a casa di corsa, chiuse la porta alle sue spalle e vide finalmente il prezioso contenuto.

La luce della lanterna, posta sul settimino dell'ingresso, illuminava gli occhi della giovane sabina: occhi scuri, color della notte. Un viso bellissimo, austero, dai lineamenti decisi, era incorniciato da vaporosi riccioli d'oro.

Romolo, estasiato da cotanta soave bellezza, chiese alla sua Sabina come si chiamasse e quella bocca carnosa color corallo finalmente parlò.

«Ersilia, me chiamo» disse con voce per la verità un po' burina.

«Ersilia, che bel nome, pure la cagna de mi' zia se chiamava così. Piacere Romolo, figlio della lupa, fondatore.»

«Fondatore? In che senso?»

«Nel senso che ho fuso Roma da poco! Stai un sacco bene vestita così, sai, Ersilia?»

«Dici? De seta era meglio!»

«Vuoi uscire dal sacco?»

«Ma sotto sono nuda...»

«Hai dunque paura di me? Perché mi guardi con quegli occhi?»

«E co' quali sennò? Questi c'ho!»

«No, intendevo con quegli occhi pieni di spavento. Sai, Versilia...»

«Ersilia...»

«Io, quello che più mi ci accoro è che la gente pensa che io sia cattivo, solo perché ho ammazzato mi' fratello. Ma io dico, solo perché ho procurato la morte a mio fratello... e che sarà mai? Mica ho ammazzato qualcuno! E poi l'ho fatto per un nobile scopo. L'ho fatto per Roma! Ma parliamo di tu: tu come stai? Ti vedo pensierosa, posso offrirti qualcosa da bere? Purtroppo non ho fatto la spesa, sai io vivo da solo, sono più le volte che vado al ristorante di quelle che mangio a casa. Ma ti vedo impacciata, fai come se fossi a casa tua, mettiti pure in libertà...»

«Il sacco non mi ajuta...»

«Se non t'ajuta il sacco, t'ajuto io...»

«Ma te l'ho detto, sotto non ho niente, mi vergogno...»

«Pensi dunque che non abbia mai visto una donna nuda?»

«Sì, lo penso...»

«E c'hai ragione, Ersilia. Ma leggo nei tuoi occhi un'ombra di malinconia, stai pensando a quel sentimento che sta nascendo drento di noi, a questo nostro amore rubato, a quest'attimo fuggente che ci unirà per sempre? Stai pensando a quando farai del tuo amore scultura di bellezza tale che nel mio corpo la passione salirà e tutto brucerà dentro di me? A quando inevitabilmente le nostre labbra, ansiose, si cercheranno per ritrovarsi in un bacio? Che cos'è poi un bacio se non... che cos'è? E che t'avrò chiesto mai? Un bacio! Che cos'è poi un bacio se non un apostolo rosa fra le parole *t'amo*? Un giuramento fatto un poco più d'appresso, una promessa all'ombra di un cipresso, un bacio a labbra salate, un fuoco, quattro risate e far l'amore giù al faro... A questo dunque pensavi?»

«No, a di' la verità pensavo a mi' marito...»

«Tu' marito? Ma perché, sei sposata?»

«Da mo!»

«Ma come "da mo"? Noi al microfono l'avevamo detto, proprio da regolamento, che potevano saltare solo le Sabine non sposate!»

«Ma io ero andata al bagno quando l'avete detto al microfono...»

«Ma come ar bagno? E mo?»

«Capirai, adesso mi' marito chi lo sente? È una tragedia... quello m'ha sempre detto che se mai m'avesse trovata co' 'n 'artro dentro una casa chiusa, a me me sderenava*...»

«E all'altro?»

«Lo corcava*.»

«Che esagerazione! Sono parole che si dicono in un momento di collera...»

«Non so se c'aveva la collera, so solo che era incazzato nero...»

«Ma perché, tu' marito mena?»

«Se mena? Guarda che Ostilio, mi' marito, è campione di lotta greco-romana. Ti dico solo che l'anno scorso alle Olimpiadi per la sua categoria ha vinto le tre medaglie, il primo, il secondo e il terzo posto.»

«E come mai le ha vinte tutte e tre?»

«Perché l'altri due non si sono presentati, c'avevano paura!»

«Vabbe', ma tu mica gli hai detto dove sei andata...»

«Io no, ma l'altri sì. A quest'ora me starà a cerca' pe' tutta Roma.»

Toc toc, qualcuno bussò alla porta.

«Oddio, Ostilio!» fece Romolo trasecolando.

«Chi è?» disse contraffacendo la voce.

«Romolo, t'ho riconosciuto, non scherza', so' Plaudo, apri!»

«A Plaudo, ma te a quest'ora ti presenti? Che vòi?»

«Te volevo chiede', visto che a casa mia sto a fa' 'na festa, perché ho beccato due sorelle... me ne so' imboccate a casa due, la numero dieci c'ha 'na sorella... che te lo dico a fa' Romole'?... Non è che c'hai un prosecchino co' tre bicchieri?»

«No!»

«'Na bottiglia di birra con due patatine?»

«Nemmanco!»

«Qualche salatino con una Coca-Cola...»
«Non ho fatto la spesa. Adesso te ne vai?»
«Senti, ma tu hai già fatto roba?!»
«Ma che ho fatto io!»
«No, perché io è già la seconda...»
«Bravo, adesso vai. Buonanotte!»
«Ma almeno l'hai sballata dal sacco?»
«Ciao, ci vediamo domani, dai!»
«Ahò, a Romolo...» allontanandosi gridando. «Se te serve 'na mano chiama! Ah ah ah!»
Di nuovo solo con Ersilia, Romolo sorrise cercando di togliersi dall'imbarazzo: «Scusalo, è gente semplice, so' ragazzi, gli ribolle ancora il sangue nelle vene...».
«Perché, a te non te ribolle?»
«E come no?»
«E allora famolo, così, in piedi, con tutto il sacco...»
«Ma come famo, co' tu' marito che ce cerca?»
«Ma 'sti cazzi*!»
«Cioè?»
«Ma chissene frega de mi' marito, ma chissà 'ndo' sta? E poi non ti eccita la paura che da un momento all'altro può arrivare e ce mena a tutti e due?»

«Ma a me nun è che proprio me eccita famme mena'...»

«Allora mename te, gonfiame de botte, appiccicame ar muro, damme 'na ciavattata in bocca, pistami come l'uva, schiacciami l'alluce nella porta dell'armadio, daje, mename, almeno sputame addosso, dimme le zozzerie*, le parolacce, trattame male, fa' qualcosa!»

«Zitta, pe' carità, ma che te urli, che te strilli, a matta! A quest'ora a Roma la gente dorme!»

«No, a quest'ora a Roma la gente scopa!»

«Basta, Ersilia, non fare la burina, è un ordine, ricordati che stai sempre davanti a un fondatore. Mannaggia a me e a quando m'è venuto in mente. Noi due non abbiamo un futuro, lo capisci questo? Tu sei sposata con uno che mena. E poi ricordati che io sono un fondatore, io da un momento all'altro posso fondere, è nella mia natura, so' fatto così. Poi a me quando fondo me devono lascia' perde'... Sto tutto il giorno al cantiere: oggi ho fondato Roma, magari domani me gira e te posso affonda' Venezia, pe' come so fatto io... E non me vedresti per sei mesi, ci sentiremmo solo per telefono, ci incontreremmo raramente in qualche motel, in modo furtivo, scappando da tutto e da tutti. No, Ersilia, non è questo l'amore che cerco.»

«Ho capito: se è questo ciò che vuoi, allora ciao, Romolo!»

«Ciao, Ersi'...»

«Almeno posso sperare in un ultimo bacio?»

«No, Ersi', meglio de no...»

«Una pippetta veloce veloce?»

«A Ersi', per piacere, allora non capisci la situazione, t'ho detto de no!»

«Allora addio...»

«Ma che, esci così, il sacco non te lo levi?»

«No, faccio un salto a casa e me cambio...» ed Ersilia fece per andare. Arrivata sulla porta, presa dal rimpianto si girò e disse: «A Ro'...».

«A Ersi'...»

«Però lo sai che me dispiace, io e te avressimo potuto fa' un sacco de roba!»

«Lo so. Ma adesso vai e non voltarti indietro.»

Ersilia fece un passo, anzi un salto... e si voltò, e con due lacrimoni che le scendevano uno da un occhio e l'altro dall'altro: «A Ro', ma tu ti ricorderai di me?».

«E chi te se scorda più! A Ersi', questo giorno passerà alla storia!»

DEL PERCHÉ LE DONNE (NON SEMPRE) SERVONO

Ovvero

UNA MANO *LEVA* L'ALTRA

Ammettiamolo. Il rapporto dei primi antichi romani con le donne non era proprio idilliaco. Sarà stato perché, dato l'isolamento, ne vedevano poche, anzi non ne vedevano proprio, sarà stato perché non avevano studiato a Oxford, ma diciamolo: nun se so' comportati proprio da gentiluomini.

Almeno questo è quello che ho studiato a scuola, me sembra de ricorda' così.

Sapere che Romolo con le donne c'aveva qualche problemuccio egoisticamente mi consola. Come se dice: mal comune mezzo gaudio. Dopo tutto se persino il fondatore di Roma ha avuto le sue grane col gentil sesso... figuriamoci io che ero ripetente e non avevo nemmeno la minaccia degli esami di riparazione a settembre.

A pensarci bene, anche noi – io e i miei amici – nel nostro piccolo organizzavamo i nostri ratti. Lo confesso: anch'io sognavo di attirare una donna a casa mia, ma senza il sacco. Normalmente, più che a casa mia, le ragazze si attiravano nel garage di Domenico Quintozzi.

Da ragazzino, la festa in garage era l'unica maniera che avevi per tentare di rimorchiare la ragazza dei tuoi sogni o, se non c'era quella dei tuoi sogni, provarci con qualche bella ragazza, e se non c'erano belle ragazze, provarci anche con le meno belle, comunque pure quelle bruttine andavano bene.

A sedici anni non vai tanto per il sottile. L'imperativo categorico della festa si racchiudeva nella sigla A.P.A.: Abbordare, Pomiciare, Accompagnare. Se mancava solo una delle tre non c'avevi speranza: iniziare a pomiciare col miraggio di accompagnarla sotto casa e lì continuare la pomiciata con apoteosi finale.

Puntualmente, alle quattro di pomeriggio si aprivano le danze, anzi, si apriva la caccia. Te dovevi sbriga' a sparare le tue cartucce perché alle sette rigorosamente si chiudeva la stagione, anzi, il pomeriggio venatorio.

Come detto, il luogo della festa il più delle volte era il garage di Domenico Quintozzi allestito per l'occasione. Certo: robba de casa, anzi robba de garage. Non c'avevamo un PR a organizzare l'evento. Le ragazze, come da regolamento, arrivavano in ritardo e andavano via in anticipo. Al contrario, con l'arrivo dei maschietti ci potevi regola' l'orologio. Le quattro!

Il garage era bianco ma aveva... diciamo che come stile non aveva un'impronta sua ma un sacco di impronte di altri: proprio le manate sulle pareti. A occultarle quasi tutte ci pensavano le sedie messe attorno alle quattro mura: erano spaiate, non ce n'era una uguale all'altra. Non lo si poteva esattamente definire un locale da scortico*.

Il vettovagliamento della festa era rigorosamente cadauno. Ovvero ognuno portava una cosa che veniva adagiata sul tavolo del buffet: wafer, tramezzini senza il tovagliolo umido, la spuma, panini all'olio col salame e, immancabilmente, quell'aranciata famosissima all'epoca che poi è scomparsa. Un intruglio che aveva una peculiarità: la posa. Sul fondo rimaneva sempre una poltiglia granulosa arancione.

Per creare l'atmosfera godero-pomiciona, c'erano le luci stroboscopiche «comandate» da un tecnico specializzato in accendispegniaccendispegni. Questo tecnico doveva essere abbastanza sveglio per capire che, se gli facevi cenno, volevi che aumentasse l'intervallo del buio.

Ovviamente la vera festa iniziava con l'arrivo delle ragazze. Noi maschietti ingrifati* dall'attesa eravamo combattuti tra scapicollarci a li mejo posti – le sedie accanto alle ragazze – e rimanere al nostro ostentando una maschia e indifferente dignità. L'omo è omo.

Ricordo che io mi domandavo: «A Enri', ma che davero davero ti vòi mette' alla pari co' 'st'assatanati? A sbavare con la lingua penzoloni davanti alla prima ragazza che ti abbozza un mezzo sorriso?».

E poi mi rispondevo: «Sì! Ma de corsa, che magari ce casca!».

La padrona di casa, la signora Quintozzi, era di ronda. Per controllare la situazione, usava due scuse: la prima era affacciarsi senza preavviso dalla finestra del garage che dava sull'orto. «Allora ragazzi, vi state divertendo?»

Aveva una memoria fotografica. Le bastava un'occhiata ortopanoramica. «E Vincenzo 'ndo' sta che non lo vedo?»

«Sta ar bagno.»

Vincenzo, per capirsi, lo chiamavamo *Er fai da te*.

La seconda scusa erano i panini.

«Ho portato i panini con la mortadella.»

E il Quintozzi figlio: «A ma', e vattene...».

«Che fai? Che c'è? Te vergogni de tu' madre? Mo fa er giovanotto, lui... Te n'ho cambiati tanti, de pannolini!»

«Oddio, a ma', te ne vòi anna', sì o no?»

«Me ne vado, ve lascio soli. Beati voi che avete tutta 'sta libertà! Io, ai tempi mici, mica le potevo fa' 'ste cose... Ringrazia Dio che c'hai 'na madre moderna!»

«A ma'...»

«Vabbe', ve lascio soli, così potete parla' liberamente. Tanto lo so de che parlate, so' stata giovane puro* io...»

La madre di Quintozzi non aveva tutti i torti. I discorsi... anzi *il* discorso fra noi ragazzi non era di elevato contenuto culturale: il tutto si traduceva in una specie di consulto a bassa voce per capire quale, fra le ragazze della festa, avrebbe creato meno difficoltà in caso di abbordaggio.

Per facilitare le cose, era molto importante la luce che creava l'atmosfera giusta. La più fica di tutte era la lampada di Wood: rifletteva così tanto il bianco da farlo diventare fosforescente. Automaticamente ogni piccola macchia su una camicia bianca veniva esaltata, pure quelle che non si vedevano a occhio nudo. Sotto quella luce impietosa, una camicia appena lavata che ti sembrava pulita anche a un esame approfondito, diventava una ciofeca. E, siccome lo sapevamo tutti, alle feste il bianco era rigorosamente bandito.

I maschietti erano divisi in due categorie: quelli che avvicinandosi al tavolo della roba mangereccia si ricordavano della lampada di Wood e quelli che non se lo ricordavano. I secondi li riconoscevi subito. Denti bianchissimi con rimasugli di verdura, semi di pomodoro, briciole di wafer.

Mi ricordo di Diana: una ragazza bellissima, scura di capelli, occhi verdi, minuta. Aveva un unico difetto: era sempre indecisa.

Io: «Balli?».

Lei: «Adesso?».

«E quanno se no? Adesso. Subbito... Non ti piace questo lento?»

«Questo che stiamo sentendo adesso?»

«No, quello della settimana scorsa... Sì, questo!»

«Certo che mi piace. A me i lenti piacciono tutti. Ma mica solo quelli italiani. Ci sono certi lenti stranieri bellissimi. Ti piacciono i Beatles?»

«Guarda, ti dirò, solo quelli del primo periodo, la fase psichedelica non so se l'ho proprio capita bene bene... MA BALLI O NO?»

«Uhm, quanta premura... Perché vai così di fretta?»

«Perché sta per finire il disco!»

«E va bene. Spero di potermi fidare.»

Così metà lento se n'era andato... e mi dovevo sbrigare. Presi Diana e piano piano avvicinai la guancia alla sua: lei guardava un punto indefinito per terra, io un punto ben definito, un punto chiave, l'orecchio. Anzi: esattamente il lobo dell'orecchio. Perché si raccontava che, se riuscivi a morderlo, le donne impazzivano. Ballando, le guance s'erano ormai unite. Gli amici miei mi avevano detto: «Bisogna inizia' a strofina' piano piano le guance, e avvicinarsi all'obiettivo principale: il lobo. Quanno poi ce l'hai sotto tiro, lo devi strofina' forte con la guancia per massaggiarlo, prima di morderlo. Come per fa' un'iniezione. Bisogna anestetizzarlo un po' per non far sentire il primo mozzico*». Lì i capelli si mettevano sempre in mezzo e io, per non spezzare l'atmosfera che avevo faticosamente creato, strofinai con la guancia pure quelli. Ormai il lobo stava a portata di lingua. Allora, prendendo il coraggio a due mani, cominciai a tirarla fuori e a lecca'. I capelli davano un po' fastidio, ma ormai che c'ero leccavo pure quelli cercando di spostarli.

La guera è guera.

Poi finalmente attaccai a mordere l'orecchio. Sentivo che le piaceva.

«Ma che fai?»

«Niente, rilassati...»

Man mano che l'eccitazione saliva andavo avanti a mordere anche la cartilagine: stava diventando una specie di recchia panata. Ero eccitatissimo: più aumentava il mio desiderio sessuale più aumentava una cosa che non si può scrivere in un libro...

Comunque, fate conto che c'era una discrepanza fra la parte sopra e la parte sotto: quella superiore era avvinghiata come una cozza allo scoglio; quella inferiore, per non far sentire la cosa che non si può scrivere in un libro, si allontanava dall'abbraccio.

Quanno ebbi finito co' 'n'orecchia, passai all'altra.

«Oddio, Diana, come m'arisurti*... m'arisurti 'na cifra...»

«Uhm... davero?»

«Me possino ceca'...»

«E io che credevo d'arimbarzatte*!»

«E come fai tu a rimbarzarmi? Ma ti sei vista?»

«Quanto sei scemo... Oddio ma che ore so'? Ma io devo anna' a casa se no mi' padre me gonfia...»

«Se vuoi, te posso da' 'no strappo.»

«Col Garelli?»

«No, di più... Me faccio prestare la macchina da 'n amico mio.»

Voi direte: ma a sedici anni uno non può guidare la macchina!

La macchina in questione era una 124 Sport, avana, marmitta da competizione doppio scarico: faceva centoquaranta chilometri orari, dieci chilometri con tre litri. Un litro d'olio, un litro d'acqua e un litro di benzina.

«A Claudio, me pòi presta' la machina?»

«A 124?»

«Perché, quante machine c'hai?! La tua!»

«Ma tu ce l'hai la patente?»

«Perché, per guidare la macchina tua, serve la patente?»

«E certo che serve! Non te la posso presta'»

«Scusa, ma, se non sbaglio, neanche tu ce l'hai!»

«Che c'entra? A me l'hanno levata, ma prima ce l'avevo. Una volta almeno nella vita la patente va presa!»

«Allora me prendo la patente di mi' fratello.»

«T'ho detto de nòne!»

«Dai, Cla', tanto la so guidare. Se me la presti, mercoledì ti faccio il compito di storia.»

Dopo un lungo silenzio, Claudio disse: «Affare fatto! Ma bada di non correre che non tiene le curve».

«Non te preoccupa': vado sempre dritto!»

Macchinato, mi precipitai dalla ragazza.

«Dove abiti?»

«A Ostia lido.»

«Abiti in braccio alle stelle*!»

«È troppo lontano?»

«No, ma che dici? Non sono neanche cento chilometri... Vieni, andiamo.»

Finalmente saliamo in macchina. La 124 Sport aveva una particolarità: una doppia serie di fari alogeni, quelli quadrati e quelli rotondi.

«Ti faccio vedere un posto romantico...» accesi i fari e illuminai il mare fino alla Sardegna, da Cagliari a Sassari. Poi accesi pure lo stereo e cercai una stazione radio adatta all'occasione.

Lo stereo non era col frontalino estraibile come oggi. Se non volevi fartelo frega', dovevi estrarlo dal suo vano, prenderlo per il manico e portarlo in giro come una borsetta. Poi magari te fregavano la macchina ma almeno lo stereo te rimaneva.

Girai la manopola per sintonizzarmi su un segnale decente ma era tutto un gracchiare, dalla prima all'ultima frequenza. L'unica stazione che se pijava era Radio Maria, che non è che annasse proprio a cecio* con le mie intenzioni.

Continuai a cambiare fino a quando, quasi per miracolo, trovai la musica giusta: *Questo piccolo grande amore*. Allora cominciai a fa' er piacione*: «Lo sai che oggi sei... oggi mi hai risorto? Lo sai che oggi sei proprio bellissima?».

«Non è vero, scemo.»

«Anzi, di più, non è che sei bellissima, sei stupenda.»

«Non è vero, scemo!»

«Oh, è la seconda volta che me dici scemo: mo te la do 'na cinquina. Guarda che, se fai così, me fai capi' che 'a prima nemica della tua femminilità sei tu. Sei pessimistica...»

A metà canzone, lei prese coraggio dalle parole di Baglioni e mi chiese: «Ma io, dimmi la verità, ti piaccio veramente?».

«Ma che, scherzi? Me so' giocato il compito di storia!»

«Che vuol dire?»

«Lascia fa', lo so io!»

«Dimmi la verità... tu alla festa mi hai detto quelle cose carine perché te venivano dal cuore oppure era tutto un piano perché ce volevi prova'?»

«Se mi volevi ferire nei sentimenti... Cioè, secondo te io ho fatto tutto quello che ho fatto... guardami negli occhi... solo per rimorchiare qualche ragazza nella speranza di... vabbe', se è questo che pensi...»

«Adesso ti sei offeso?»

«No, non mi sono offeso... però ci sono rimasto male.»

A queste parole lei fece crollare ogni difesa e mi sussurrò all'orecchio: «Adesso sono qui!».

E vaiii! È annata alla grande! Le zompai addosso e cominciai a baciarla sulla bocca, sul collo.

«No, Enri', mi fai il solletico con la lingua sul collo... Baciami. Bocca con bocca...»

Sinceramente, le prime volte, lingua a lingua me faceva un po' impressione. Sicuramente mancava la tecnica. Io sapevo che bisognava infila' la lingua e poi muoverla... Ma come? In che direzione? 'N amico mio più grandicello, mi aveva parlato della famosa manovra «avanti e indietro». Ma avanti e indietro dove? Sotto, sopra... Comunque se io non ero preparatissimo, lei non è che fosse una cima. Pomiciava con la bocca aperta: pareva dal dentista.

Solo io muovevo la lingua. La sua stava ferma. Sembrava 'na lingua morta. Istintivamente cercavo di rianimarla. Gliela prendevo da sotto e gliela spingevo all'insù. Poi ce annavo di lato e davo dei colpetti per farla riprendere.

Diana non sapeva baciare ma aveva una pelle...

«C'hai una pelle... hai una pelle che...»

«Dai, non mi toccare così, non fare così...» E facendo la finta ritrosa, s'allontanava.

«'Ndo' vai? Vie' qua. C'hai una pelle de pesca... ma che dico de pesca...»

«Eh no, dai, sta' buono con 'sta mano!»

«C'hai una pelle di pesca... ma che dico di pesca, di albicocca... c'hai 'na pelle de kiwi... ma che dico de kiwi... c'hai 'na pelle...»

«Eh dai no...»

«C'hai 'na pelle...»

«Eh dai no...»

«C'hai 'na pelle de dai-no. Come dire: hai una pelle di... la tua pelle è... se la famo*?»

«Ahò, ma che, sei scemo? Ma guarda questo?! Se famo, se famo... Mo te do 'na botta in testa, te do...»

«Ma perché, che ho detto?»

«Come che hai detto? Se famo, se famo... ma che, si chiede così? Non ti voglio più vedere, vattene via va... lo vedi come sei?»

«Come so'?»

«Sei così, sei! Ma come? Una si fa carina... che a quest'ora... che alle sette... poi se si dice... e tu non mi capisci! Io sono qui... e il mio cuore che... allora che il sentimento... sapendo... e tu non mi capisci! Io non vorrei... quando poi sai benissimo che... sempre se noi come... e tu non mi capisci!»

«Ma se parli così, chi ti capisce?»

«Basta! Levati dal mio cospetto!»

Mi dava le spalle e, dopo aver dato una poderosa alitata sul vetro, si mise a disegnare col dito ghirigori che sapevo avrebbero lasciato il segno per molto tempo.

«Che fai? Guarda che lasci il segno...»

«Così t'empari a volemme infinocchia'* e poi fatte l'affari tua! Sto disegnando una casa, la mia casa, anche se avrei voluto dire la nostra, invece è solo casa mia. Questa è mia madre che fa la spesa, questa è la Standa, questa è la posta, l'Oviesse, qui passa l'autobus, qui il tram, qui il filobus, qui la metropolitana, qui l'edicola, il bar...»

«Che, te passa tutto vicino?»

«Ma fatte l'affari tua, no? Mi faccio una casa, ci potrò mettere vicino quello che mi pare? Fatti una casa per conto tuo, sull'altro finestrino!»

«Vabbe', ho capito!»

«Ma che hai capito? Non hai capito niente!»

«Allora... non me la dai?»

«Nòne! Ma che te devo da'?!»

«Mo perché te sei incaponita? Vabbe', famo una cosa. Capisco che darla sembra brutto. Prestamela, io ce ruzzico un pochettino e poi te la rimetto a posto...»

«Scusa sei scemo o ce fai?»

«Ah, ora so' scemo, eh? Ho capito! Avevo già capito tutto da quando ti ho vista quest'oggi alla festa. Però, quando me so' offerto de accompagnatte a casa... a Ostia...»

«Ma che fai, rinfacci?»

«Ah, io rinfaccio? T'ho forse rinfacciato che per avere questa macchina me so' andato a incastra' cor Secco? Che forse io ti rinfaccio che solo di profumi e gel ho speso venticinquemila lire? T'ho rinfacciato che ho messo trenta sacchi* di benzina, dieci pe' lava' la macchina che adesso se vedono solo le ditate tue sul finestrino e che ho dato mille lire al polacco che me l'aveva lavata? T'ho rinfacciato forse questo? No! Perché io non le faccio queste cose!» E preso da un moto di stizza, mi girai verso il finestrino e mi feci il mio bel piantarello.

«Che fai, piangi?»

«Io piango? Ahò! Ma vattene, va'! Io non piangio mai! Hai capito? Perché l'omo non piange mai: l'omo se spacca ma non se spezza... L'omo se strizza, se intorcina, se scheggia ma... l'omo fa come gli pare! Vabbe'!? Ma vattene va', non ti far vedere, hai capito?»

«E mo perché t'arrabbi?»

«Non sono arrabbiato! Sono solo un po' nervoso, è il mio carattere.»

«Dai, guardami!» disse lei allungando quella

maledetta manina e accarezzandomi i capelli mentre io provavo a tenere il punto.

«No!» risposi io duro.

«Ma me vòi bene un po'?»

«Un po'!»

«Dai girati...»

«Non mi va» risposi mentre lei continuava con le carezze.

«Ahò, lo sai che c'hai una bella pelle pure tu?»

«Allora se famo la mia?»

«Solo a quello stai a pensa'?»

Alla fine, di nuovo eccitato, quella manina tu gliela bloccavi e te la cominciavi a stringere, a baciare, a strusciare sulla faccia.

«Senti...»

«Che c'è?»

«Visto che non... no, dico visto che non... ti andrebbe magari di... magari...?»

«Che?»

«No, dico... Ti andrebbe magari... magari di... magari t'andasse! Magari poco poco... co' 'sta mano...» Intanto cercavo di posizionare la mano sulle parti intime.

«Eh no, e dai...»

«E dai, poco poco...» Più lei ritraeva la mano, più io la ribloccavo. «Dai, poco poco, piano piano...» E lei ancora ritirava la mano ma con una forza che io mi dovevo punta' coi piedi per riportargliela giù.

«E dai, poco poco...»

«E no!»

«Ma 'ndo' sei andata in palestra! E dai dai dai!»

Con un ultimo sforzo lei si liberò dalla presa e mi disse: «No! Ho detto no! Non mi va!».

Ma subito dopo, non costretta, allungò la mano, mi fece il solletico alla lampo e mi chiese: «Devo fa' così?».

A me bastò quel movimento ridicolo per perdere la testa.

«Ti eccita così?»

«Mi piace, mi piace!»

«Ti piacc davvcro?»

«Sì, mi piace, come mi piace!»

«Dillo più forte!»

«MI PIACE, OH COME MI PIACE!»

«Dillo più forte!»

«MI PIACE, OH COME MI PIACE!»

«Più forte!»

«AHÒ! T'HO DETTO CHE ME PIACE!»

«E adesso?»

«Adesso slaccia... no, prima... ecco, sì, la cinta, poi... no, su la maglietta... giù la mutand... no buona... brava...»

«E adesso?»

«Adesso infil... Ahhhhhh! Ammazza che mano fredda!»

«Così ti piace?»

«Certo che mi piaaaaah-ce... anche se non è proprio ahh! Forse c'è qualcosa che non... perché se prendessi con...»

«Ti piace?»

«Uhhh come mi piace! Che te lo dico a faaaaaahhhre? Ecco però dovresti... Ahhh! Non proprio così... se tu... ahio! AHIO! AHIO!»

«T'ho fatto male?»

«Noooo! Mi sa che non posso più cammina'! Prima cosa: non stringere, che te stringi? Mica scappa, c'hai lasciato l'impugnatura anatomica, col rischio che non passa più il sangue. Seconda cosa: hai trovato una traiettoria che te piace? Che nun te stanca la mano? Segui quella, no?! Terzo: se non sei bona, me lo dici in disparte, e te lo insegno io! Che come so' capace io non è capace nessuno!»

E finiva sempre così: con una breve lezione, un piccolo Bignami del fai da te. Una lezione (da) manuale che ho migliorato di anno in anno...

DEL PERCHÉ LA (COMPAGNA DI) SCUOLA È IMPORTANTE

Ovvero

SETTE RE VALGONO DUE

E certo che glielo potevo insegnare io! Avevo una preparazione enciclopedica, ero cintura nera. C'era mia madre che mi diceva: «Ma si può sapere che ci fai tutto il giorno chiuso dentro quel bagno?».

«Studio, mamma!»

«Sì, studi... Lo so io che stavi a fa'... a studia'! A proposito de studia', ho incontrato al supermercato la tua professoressa di storia. Dice che all'ultima interrogazione hai fatto scena muta.»

«Io scena muta? A mamma, ma se proprio lei m'ha messo sette in condotta perché non sto mai zitto!»

«Anzi, per la precisione la professoressa ha detto: occhi bassi e scena muta.»

«E allora... pe' fa' scena muta io... chissà che m'aveva chiesto...»

«T'ha chiesto una cosa facile facile: t'ha interrogato sulla morte di Romolo, fondatore di Roma. Dopo tutti i sacrifici che ho fatto pe' fatte nasce' cittadino romano, la storia dei tuoi antichi antenati la dovresti sape' a memoria. Ti dovresti solo vergognare, mangia a uffa*! Non ci posso pensare. Romolo: che se pò di' che è un parente nostro, poteva esse' tu' nonno. Ma come, te more tu' nonno e non sai di' du' parole in croce.»

«Prima cosa, ti giuro mamma: non lo sapevo che nonno Romolo era morto. Dentro 'sta casa so' l'ultimo a sape' le cose, e poi 'ste notizie vanno date con un po' de tatto. Se lo vòi proprio sape', quando la professoressa m'ha ricordato er lutto, pure se è stato tanti secoli fa, pensando ar poro nonno Romolo che non c'è più, pace all'anima sua, m'è venuto un groppo alla gola. Io avrei voluto parlare, mamma, ma più cercavo le parole e più me lo vedevo davanti: bianco, sereno, co' l'espressione distesa, la faccia distesa, le braccia distese, le gambe distese, era tutto disteso, pareva che dormiva, poro nonno Romolo... e invece se n'era annato. Mamma, dov'è andato nonno Romolo?»

Mia madre scosse la testa e, con una tenerezza che solo una mamma sa avere, si avvicinò e mi disse: «Guarda che, come dice il detto, chi s'arrampica sugli specchi prima o poi li sporca. Stai in campana: domani, la professoressa, m'ha detto che ti riinterroga, vedi che pòi fa'!».

Che potevo fare? Certo l'avevo fatta grossa, avevo deluso mia madre, profondamente. Non è che non l'avessi mai delusa, non per vantarmi, mi era già capitato prima, ma questa volta avevo preso una fava con due piccioni. Stavo deludendo anche quella parte di me che sentiva la responsabilità di essere cittadino romano, con i suoi pro e i suoi contro. Cominciavo a rendermi contro che i pro erano de meno.

Allora corsi ai ripari. Volli subito informarmi sulla morte di nonno Romolo, anche se nonno alla lontana. Andai a prendere ripetizioni a casa di una compagna di scuola che a storia aveva più di 10, quasi 11. La sua pagella non si poteva vedere: tutti numeri a due cifre.

Acculturata, per carità, ma era brutta. Madonnina mia aiutame a di' brutta! Non ci sono parole per spiegare quanto fosse brutta. Forse c'è un suono, era brutta tipo AHUHOIHEA-OOOHUAOHAUUUUHIIIOOOHAAAOO OUUU!

Ma non so se è esplicativo.

Era la classica secchiona che il primo giorno di scuola si precipita in classe per accaparrarsi il primo banco centrale, proprio di fronte alla cattedra... come se qualcun altro lo volesse!

E poi, la secchiona che avevo scelto io aveva una caratteristica ancora più squalificante: la peluria, una peluria grigio pantegana, che forse aveva addirittura l'ambizione di essere un principio di baffetti, d'altronde donna baffuta... contenta lei!

Lei mi spiegò che Romolo, figlio di Marte e Rea Silvia, primo fratricida romano, fondatore di Roma, rapitore di giovani fanciulle, colui che introdusse i fasci littori, la divisione in *gens* e l'asilo politico, morì dopo trentasette anni di regno. Pare inoltre, da quello che diceva questa bruttarella – e dall'espressione mi sembrava molto sincera – che Romolo morì in modo molto singolare: infatti non morì, ma i libri di storia riportano che ascese in cielo per diventare una divinità.

Sempre la bruttarella mi disse che Romolo si rimise con Ersilia, perché rimasta vedova, visto che il marito Sabino Ostilio, campione di lotta greco-romana, la trovò a letto, anzi a triclivio in modo trivio, con uno più grosso de lui.

Il giorno dopo essere asceso al cielo, Romolo apparve in sogno al suo amico Proculo Giulio e, invece di dargli i numeri da giocare al Lotto, gli disse: «Bada, amico mio, di stare all'erta che anche senza di me Roma sarà invincibile. Avverti tutti, specialmente Lotito!».

Durante le sue ripetizioni, la ragazza bruttina mi ripeté anche la storia degli altri sovrani, perché avessi il quadro completo dei sette re di Roma. Essendo ripetizioni, me li dovette ripetere più volte, perché quci nomi proprio non mi volevano entrare in testa. Invece lei li snocciolava tutti e sette senza problemi, uno per uno, e di ciascuno mi disse vita, morte e miracoli, ma soprattutto i miracoli. Mi raccontò tutto quello che fecero i successori di Romolo per rendere Roma sempre più grande.

Le ripetizioni durarono più del previsto, furono un vero e proprio sequestro. Capirai, già coi secchioni si parla poco, questa poi era pure racchia*, figurarsi quando mi vide davanti alla porta di casa! Non le parve vero di aver trovato qualcuno a cui interessasse sentire tutte le nozioni incamerate in anni e anni di studio.

Per lei fu un evento così raro che non si limitò a spiegarmi solamente la storia degli antichi romani ma si fece prendere la mano e mi raccontò tutta quella della Capitale, dalla fondazione a oggi.

«Bah, speriamo bene, io c'ho una confusione in testa...»

«Non ti preoccupare, è normale ma poi vedrai che le date e i nomi ti ritorneranno su.»

«Come i peperoni?»

«Una specie...»

Me ne tornai a casa esanime e confuso: avrei dovuto ripassare ma non volli farlo per paura di confondermi ulteriormente e ripetere male. Stanco di quelle nozioni andai a letto accettando l'ultimo consiglio della secchiona: misi le cuffiette in testa e accesi quella specie di walkman che mi aveva prestato. Aveva registrato tutte le otto ore di sequestro e così avrei potuto ripassare nel sonno. L'indomani speravo proprio di fare bella figura con quella spia della professoressa, rimediando così alla delusione data a mia madre e riacquistando la sua fiducia.

Nonostante si dovesse entrare a scuola alle otto, alle sette della mattina dopo ero già davanti al portone. Non ero il solo: la maggioranza della classe era lì anche da prima: per ripassare? No, per studiare. Studiare una strategia per non entrare.

«A rega', che famo, entramo?»

«No, Ventice', oggi nun me la sento. Stanotte me so' sognato i sorci verdi che parlavano latino. E tu, Brigna', c'hai deciso?»

«A rega', io devo entrare.»

«Entra'? Ma sei pazzo! Che, vuoi prendere un altro duc?»

«A rega', lo devo fa', per mia madre e per mio nonno. Mi devo fa' interroga' sui sette re.»

«A allora è facile, sui sette re!»

«È arrivato "facile"! Perché te li sai i re?»

«Come no! Re de coppe, re de bastoni, re de spada, carte, denara, primiera e sette bello.»

«A Venticello, ma falla finita, io entro.»

«Allora, rega' se entra, tutti per uno, uno per tutti!»

«Daje imboccamo a scòla, anche per rispetto verso le istituzioni.»

«Ammazza quant'è bella, pare vera... Non l'avevo mai vista da dentro, sempre da fori... A Pomata, dimme un po', ma a che anno stamo noi?»

«Me pare al terzo.»

«Avemo fatto un passo avanti...»

«Be', so' due anni che famo il terzo.»

«Ma dove sta la classe?»

«Boh, chi se lo ricorda, qui sono tutte uguali. Seguiamo la professoressa.»

«Oh, li morte'! Quanto s'è invecchiata!»

«Te lo credo, sono quattro mesi che non la vediamo!»

Mentre mi accingevo a entrare in classe seguendo la prof avevo l'aria di un condannato a morte che va verso il patibolo. In quei pochi metri di corridoio rividi tutta la mia vita: momenti belli, momenti brutti, soprattutto quelli brutti, quegli istanti in cui avevo sentito risuonare in classe il mio nome.

«Brignano alla lavagna.»

E certo, co' 'sto cognome che me ritrovo, con la Bri, Brignano, ero sempre il primo a essere interrogato. Quella B era la mia condanna, modestamente sul registro ero il numero uno. Per la verità, agli inizi ce n'era uno prima di me: si chiamava Atzeni, con la A, diceva che è un cognome sardo. Lo interrogavano sempre e, mentre lui era sotto il tiro incrociato delle domande della prof, io vivevo momenti spensierati e felici, facendo grandi battaglie navali col mio compagno di banco.

Ma, come tutte le cose belle, anche questa finì. La notizia fu un fulmine a ciel sereno: durante una riunione al bagno fummo informati dal bidello che gli aveva detto la supplente che era stata informata dalla professoressa di ruolo che era stata messa al corrente dal vicepreside che Atzeni si era ritirato. L'animaccia sua.

Appena lo venni a sapere, corsi subito a casa Atzeni per parlare ai genitori, sardi come il loro figliolo.

«Ma è vero che vostro figlio non verrà più a scuola?»

«Verissimo è. Non verrà più!»

«Ma io non ci posso credere. Perché fa questo?»

«Non gli va di venire.»

«Cari genitori di vostro figlio, ma voi vi rendete conto della gravità del fatto? Voi, signori Atzeni, subite in silenzio il capriccio di un ragazzo?»

«Lui la pensa così.»

«Ma che vuol dire "la pensa così"? È ancora un ragazzo: oggi pensa una cosa, domani un'altra. Si sa che i ragazzi sono volatili.»

«Ahiò. Volatile o no, quello quando si mette in testa una cosa...»

«Ma, signori Atzeni, lo capite che con questo atteggiamento rinunciatario fate sì che vostro figlio cresca nell'ignoranza?»

«Dice che vuole andare a lavorare...»

«E allora?»

«E allora è meglio un lavoratore ignorante che un laureato disoccupato! E adesso ci scusi perché dobbiamo andare a dormire.»

«Alle sei del pomeriggio? Voi, dunque, permettete che un essere umano non percorra la strada della conoscenza, della sapienza? Vi dico solo questo: le conseguenze le pagherà per tutta la vita.»

Ricordo come fosse oggi che il padre, a queste mie parole, guardandomi negli occhi mi disse: «Fizzu meu ada a creschere comente a mie. Si non li andada de istudiare est menzusu chi andede a trivagliare. Tantu lu schisi ite bi faghede cun cussu pezzu e papiru? S'ada a pulire su culu!».

Capito?! Io no. Stordito dal dispiacere di quella immensa perdita scolastica, non capii ma intuii e mestamente me ne tornai a casa col capo chino, pensando all'ineluttabilità del mio destino: primo in ordine alfabetico.

Ecco come anche quel giorno...

«Dunque interroghiamo... interroghiamo... Brignano.»

«Sì, professoressa?!»

«Interrogato.»

«In che senso interrogato?»

«Nel senso che devi venire qui alla lavagna e ridirci quello che sai sui re di Roma. Vuoi venire o ti metto "impreparato"?»

«No, professore', oggi so tutto.»

«Tutto mi sembra una parola grossa, visto che l'altra volta hai fatto scena muta. Ma facciamo finta di credere ai miracoli. Dunque, quanti erano i re innanzi tutto?»

«Dunque, innanzi tutto, sette, i famosi sette re di Roma, che erano magnifici, i magnifici sette.»

«Dimmi i re in ordine.»

«La storia ci dice che, in ordine, il primo re è Romoloeremo, anzi, Remo no perché il fratello lo suicidò con le proprie mani. La leggenda dice pure che i due fratelli erano figli della lupa, ma non di una lupa tipo cane, ma di una lupa tipo donna. Una donna tipo facile. Così facile che i pastori poveri dell'epoca, per un po' di ricotta, si levavano lo sfizio con lei. Quindi, ella, a forza di levare sfizi, si fece una brutta nomea: il paese era piccolo, la gente mormorava e le malelingue fecero circolare la voce che lei fosse una mignotta. Per questo possiamo dire che Romolo e Remo furono i primi due romani figli di mignotta, senza offesa per nessuno. Specialmente per la madre, che poi si pentì del fatto che si era data ai pastori per un po' di ricotta. Difatti scrisse un memoriale dal titolo emblematico dove rimembrava con furore questo fatto: *Ricotta con rabbia*!

«Romolo regnò per trentasette anni, fece un sacco de cose per Roma e, a detta di una racchia amica mia, per quanto era figlio di buona donna, neanche morì ma si fece assumere in cielo a tempo indeterminato.»

«Fai poco lo spiritoso, Brignano. Visto che vi hai fatto cenno, vuoi ricordare ai tuoi compagni l'assunzione di Romolo? Raccontaci come salì in cielo.»

«Allora il fatto è questo. Durante i *Saturnalia*, in pieno dicembre, Romolo fece una passeggiata con la famiglia, Ersilia e i due figli Prima e Aollio (che razza di nomi... e meno male che non ce n'hanno avuto 'n'artro sennò come lo chiamava, Astanlio?). Insomma, stavano lì, marito, moglie e figli piccoli, così piccoli che stavano nel passeggino – dell'epoca naturalmente, che era una specie di piccola quadriga – arrivarono alla fiera e Romolo disse: "Vado a prendere lo zucchero filato per i bambini".

«"Dato che ci sei, compra un mazzo di fiori per mi' madre che viene a cena e oggi è il suo compleanno. Ma sbrigati ch'è tardi: dobbiamo tornare a casa che devo prepara' la cena" disse Ersilia.

«"Non ti preoccupare, faccio una volata!" rispose lui. Mai frase fu più profetica: il poro

Romolo comprò lo zucchero filato e i fiori, ma al ritorno, improvvisamente, sulla sua capoccia* si creò una piccola tromba d'aria, una trombetta, che lo afferrò nel suo vortice e lo sollevò da terra davanti alle facce sgomente degli astanti che cominciarono a urlare per lo spavento.

«"Presto, presto, afferratelo pe' i piedi! Oh, porello*, fate presto: va sempre più in alto!" Due romani più intraprendenti si misero uno sulle spalle dell'altro e quello sopra riuscì ad afferrarlo per la tunica.

«"L'ho acchiappato, l'ho acchiappato: tiratemi giù." Il poro Romolo si dibatteva con le mani e con i piedi, ma il vortice diventò sempre più forte e cominciò a fa' sali' pure il soccorritore.

«"Oddio se ne sta ad anna' su pure quell'altro." Il soccorritore cominciò a urla' terrorizzato. "Presto acchiappatemi un piede..." Romolo che, pur nell'evento tragico manteneva una sua dignità di re, vedendo che la tunica dove s'era aggrappato il suo salvatore cominciava a cedere, con la calma dei forti disse all'omo che penzolava sotto di lui: "Lascia. Lascia la tunica. Se sta a strappa', lo sento". Ma nella confusione del momento la sua voce veniva coperta dalle grida di quella pipinara* su cui volteggiavano i due malcapitati. Romolo urlò più forte: "Lascia 'sta cazzo di tunica". Nel frattempo, la moglie facendosi largo tra la folla era arrivata sotto i due malcapitati. "A Romolo, 'ndo' vai?".

«"Nun lo vedi? Sto ad anna' su, questo è un segno divino. So' stato rapito da un vortice de nubi che me sta a porta' in cielo dagli dei. Nun te preoccupa', Ersilia: finisco in gloria e so' felice." Il soccorritore sotto di lui esclamò: "Ma li mortacci tua, nun lo potevi di' prima che eri felice?".

«Poi Romolo urlò ai suoi bambini: "Nun ve preoccupate pe' papà! Sto per essere assunto in cielo: perché piangete così?".

«Gli rispose Ersilia: "A Romolo, butta giù lo zucchero filato!".

«Lui: "Ah, già, lo zucchero. Tenete bambini e ricordatevi questo dolce momento".

«Poi riprese Ersilia: "Romolo, i fiori, i fiori pe' mamma".

«Ma qui Romolo disse: "I fiori me li tengo. Li porto su, pare brutto presentasse a mani vuote".

«Manco finì de di' la frase che la tunica a cui era aggrappato il soccorritore si strappò facendolo precipitare a terra con tutto l'indumento. Romolo rimase nudo e, mettendosi i fiori in mezzo alle gambe pe' copri' le vergogne, salì in cielo.

«E questo è il primo. Dopo Romolo, come re ci fu Numa Pompilio che arrivò secondo. Lui non voleva farlo il re, a convincerlo fu la ninfa Egeria, dea delle acque, che era una velina dell'epoca, una sciacquetta, molto bella. Numa Pompilio, invece, non era bello ma era potente: per questo la bellissima ninfa Egeria, approfittando dell'età avanzata e di un po' di arteriosclerosi, lo soggiogò a tal punto che gli suggeriva le leggi da fare, a suo favore naturalmente. Lei stava in diversi rami e tra le imprese che avviò ci fu quella famosa delle acque minerali e dei battelli sul Tevere, dove Numa si esibiva cantando canzoni napoletane, accompagnato da un amico alla cetra. Tutti dicevano: "Salvati cielo!".

«E fu proprio dal cielo che cadde una cosa misteriosa, tanto che Numa l'ariccorse* e disse: "Chi l'ha mannata dar cielo questa cosa?".

«“È Giove che la manna dar cielo.”

«“Oddio cos’è? A me pare uno scudo e sopra c’è un’iscrizione. Egeria leggi te che a me non me fanno tanto l’occhi*.” Sopra questo scudo c’era scritto il destino di Roma, vergato da Giove in persona. A Numa Pompilio parve tanto bello che decise di regalarlo a Natale. Ma, visto che il destino di Roma era così bello, lo vollero subito anche tutti gli altri suoi amici e parenti. Se lo litigavano e Numa che era un uomo pacifico disse: “Per carità, famo undici copie, tanto Giove non è iscritto alla Siae. Basta che non litigate!”.

«Da ciò si arguisce che Numa Pompilio non solo era saggio e pacifico ma era proprio un uomo buono, dove lo mettevi stava. Tanto è vero che l’hanno messo sul trono e c’è rimasto per quaranta e rotti anni.»

Sbalordita dalla mia preparazione, la prof mi disse: «Uhm... Va bene... Dimmi il terzo re».

«Il terzo fu Tullo Ostilio che, come dice il nome stesso, era nervoso, irascibile. Lui si irasciava per qualunque cosa. Non gli si poteva dire niente e, mamma mia, che era... Tullo

Ostilio era un guerafiondaio: per lui qualunque scusa era buona per attaccare biga, tant'è vero che ne trovò una per litigare con gli abitanti di Albano, gli albanesi, i quali dissero di fronte al Senato: "Caro Senato, non facciamo nomi, ma qui c'è qualcuno che ruba... e non siamo noi. Quindi ridateci la roba e amici come prima".

«A Tullo, capirai, nun je pareva vero. Si mise le mani sui fianchi, avanzò spavaldo verso chi aveva parlato e sibilò: "Amici de che? Roba de che? Come prima de che?".

«"Amici come prima che ce rubavate la roba"» rispose quello.

«"A sottospecie de mezza-tacca*! Guarda che qua, se c'è qualcuno che ruba, siete voi."

«"Ripetilo se c'hai coraggio."

«Mentre Tullo cominciava a sfiata' dal naso come i tori, un saggio senatore si alzò e disse: "Per dipanare questa diatriba, famo la famosa cosa degli Orazi e i Curiazi".

«Fu così che organizzarono una partitella tre contro tre: chi perde more e chi vince si dà pace. Roma batte Albano 3 – 2. Gli albanesi furono sconfitti e il loro re Mezio Fufezio fu legato fra due carri, trainati da cavalli lanciati al galoppo in direzioni opposte: Mezio da una parte e Fufezio dall'altra.

«Fra i sette re di Roma ci fu Anche Marzio che fondò Ostia col mare e poi morì. Quinto re fu Tarquinio Prisco che arrivò da Tarquinia, vicino a Civitavecchia, con la moglie. Il sesto re fu quello che venne prima del settimo perché abbiamo detto che i re erano sette, come dice il proverbio. Romolo, Remolo, anche Marzio, poi... Tarquinio il Superfluo... Quirinale, Viminale, Criminale...»

«Brignano!» sbottò a quel punto la prof, «questi sono i sette colli!»

«Ah già, è vero. Sesto superbia, invidia e crepi l'avarizia...»

«Questi sono i sette vizi capitali!»

«Sì, sì, è vero. Dicevo Cucciolo, Pisolo, Mammolo...»

«Questi sono i sette nani!»

«È che ci sono in giro troppi sette. Dunque, i sette re, i sette colli, i sette nani, i sette peccati, i sette contro Tebe, i magnifici sette, sette spose per sette fratelli, bubù sette-te!»

«Peccato, Brignano» concluse la prof «eri

partito così bene coi re, però me ne hai detti bene solo tre. Perciò ti devo mettere due.»

E mi mise due, manco un punto a re. Un'ingiustizia perché, da che mondo è mondo, si sa che il re è una figura e vale quattro!

DEL PERCHÉ GLI ELEFANTI SI APPOGGIANO

Ovvero

DA TARZAN E JANE A GREGORY E AUDRIE

«Basta così! Vai a posto, Brignano. In tutta coscienza ti devo dire che, se continui così, nella vita non combinerai mai niente di buono. Uno di questi giorni farò una bella chiacchierata con i tuoi genitori.»

«No, professoressa, la prego, i genitori no.»

«E allora studia perché, ricordati, l'uomo più sa e più vale!»

Andai al posto e, mentre la professoressa spiegava le guerre puniche, la rivalità tra Roma e Cartagine, Annibale e Scipione l'Africano, tutte cose passate, io ero già proiettato verso il futuro, verso il domani, anzi verso l'indomani mattina: avevo un appuntamento con Diana, la ragazza dell'incontro furtivo in macchina.

L'indomani l'avrei portata allo zoo. Ero orgogliosissimo: l'avevo convinta a fare – come dicevo io – la sua prima sega a scuola, ovvero a marinare la scuola come diceva lei. Praticamente a scuola facevamo una sega marinata. Diana era la mia fidanzata: c'era solo un piccolo particolare, lei non lo sapeva ancora; difatti mi ero ripromesso di dirglielo durante l'incontro del giorno dopo, davanti all'uccello del paradiso. Per suggellare l'evento e dimostrare i miei sentimenti nei suoi confronti, le avrei dato un regalino, anzi un regalone, il simbolo universale dell'amore: un anello, ma non uno qualsiasi, quello della Lazio con inciso sopra il mitico aquilotto. Le sarebbe piaciuto di sicuro. Quel piccolo gioiello era un'edizione speciale; bastava una lieve pressione e l'aquila si apriva scoprendo lui: Giorgio Chinaglia, l'ottavo re di Roma. Avevo già fatto il pacchettino regalo: ero solo indeciso su cosa scrivere sul bigliettino. Era meglio «A Diana» o «Per Diana»? Molto meglio «Per Diana». Era molto più forte. Presi il pacchettino e me lo misi in berta*.

L'indomani, prima dell'incontro, ero eccitatissimo perché volevo fare bella figura e per questo motivo mi feci la doccia, evento che mi capitava spesso e volentieri dopo ogni partita di calcetto. Usai lo shampoo al miele di biancospino, il balsamo alle alghe marine, il deodorante al cedro libanese e il profumo al pino silvestre. Mi pettinai con cura, ma mi accorsi che il mio gel al muschio bianco extrastrong a presa rapida era finito, così attinsi dall'armadietto di mio padre quello che a lui aveva portato fortuna con mia madre: la brillantina Linetti. Forse abbondai un po' nel dosaggio, d'altronde doveva durare per tutta la giornata. Infine, per tenere la messa in piega, mi diedi una decina di spruzzatine di lacca, non si sa mai.

Era un'occasione speciale, oggi si direbbe un evento, non dovevo sfigurare. Perciò presi la doppia chiave, che mi ero fatto fare, dell'armadio di mio fratello, lo aprii e andai a colpo sicuro: il vestito giallo senape che aveva usato al matrimonio di nostra cugina. Non conoscevo bene i tessuti, così lessi l'etichetta, c'era scritto fresco lana. Era, sì, lana ma era fresca, per una gita allo zoo di metà maggio sarebbe stata perfetta. Sotto indossai una camicia bianca coi polsini e bottoni in madreperla più piccoli delle asole... difatti i due bottoni dallo sterno alla cerniera non si chiudevano. A questo problema ovviai brillantemente con una cravatta giallo cromo a banda larga, che copriva verticalmente asole e bottoni. Per non farla muovere, le applicai all'interno un pezzo di nastro biadesivo in modo da incollarla alla camicia. Infilai la giacca e mi guardai fiero allo specchio.

Ero pronto per l'appuntamento con la mia bella.

Fuori mi aspettava, già acceso – poiché andava scaldato almeno un'oretta prima – il mio fedele destriero, il mitico Garelli vip 3v, lavato e lucidato. Meno male che allora non c'era l'obbligo del casco perché, con tutta quella roba che m'ero messo in testa, non mi sarebbe mai entrato.

Montai a cavallo e via, di corsa verso lo zoo. Per non fare la figura del ritardatario, arrivai un'ora prima, ne approfittai per fare due giri del perimetro esterno dello zoo nella speranza di trovare una breccia, un varco, un buco, insomma un'entrata diversa da quella a pagamento. L'ispezione ebbe esito negativo: niente, non si passava, bisognava entrare dalla porta principale e pagare un biglietto, anzi due, per essere cavalieri.

L'appuntamento era alle dieci, lei arrivò quasi puntuale alle dodici e trenta. Da lontano era bellissima. Mentre si avvicinava, senza farmi notare, cercai di assumere una posizione d'attesa che desse l'idea della naturalezza e nello stesso tempo mettesse in risalto il meglio del mio fisico. Ne provai una quindicina, ma per un verso o per l'altro non me ne piaceva nessuna. E, più lei si avvicinava, più le posizioni che assumevo erano confuse e frettolose. Finché non mi arrivò davanti.

«Ciao, Enrico.»

«Ciao...»

«Come mai hai una mano dietro l'orecchio, una sotto l'ascella e le gambe accavallate, se stai in piedi?»

«Ah, dici la posizione? Si può dire che sia un vizio di famiglia. Ci mettiamo sempre così quando aspettiamo qualcuno.»

«Scusa il ritardo ma è stata colpa del rossetto, non puoi sapere quanti me ne sono provati... Poi alla fine ho messo questo perché il colore si abbina molto al mio stato d'animo di oggi. Ti piace?»

«Ah... perché quello è il rossetto?! Credevo che avessi sbattuto il muso da qualche parte... c'hai le labbra tutte viola!»

«Ma no! È il rossetto viola.»

«Allora è il violetto. Lo sai che ti dona? Ti fa le labbra più fresche, da brividi... come quando uno muore congelato.»

«Ma perché, co' 'n gelato si pò mori'?»

«Scherzi... Ma puoi mori' pure surgelato. Io a casa mia ho il freezer pieno di pesce morto surgelato.»

«Be', i pesci non lo so, ma per una persona è più difficile morire sur gelato: te deve prima casca' er gelato, ce devi scivolare sopra. E poi devi battere la testa molto forte, sullo spigolo del marciapiede, no?»

«Bah, su quest'argomento mi trovi un po' impreparato. In realtà, volevo solo dirti che le tue labbra stanno bene col resto del viso... cioè... sei bellissima per me! Bellissima come quando un uomo trova una donna bella, che la vede e trova che è bella, e glielo dice, se la trova.»

«E, quando la trova, che le dice?»

«Be', adesso mi vergogno. Così su due piedi.»

«E allora entriamo allo zoo, ci sediamo su una panchina e mi dici tutto.»

Lo zoo, che idea fantastica, era il posto giusto, non solo come luogo d'incontro per un primo appuntamento – infatti tra una gabbia e l'altra c'era una bella passeggiata e poi era pieno di fiori e fratte dove imboscarsi – ma era anche il luogo ideale dove andare quando marinavi la scuola, perché certo lì tua madre non l'avresti mai incontrata, neanche per sbaglio. Perché mia madre dice che gli animali sono come i muratori, sporcano.

Pagai i biglietti in migliaia di lire, ventotto per l'esattezza. Era quanto mi rimaneva dall'ultimo dindarolo* rotto, ma questo a Diana non lo dissi. Entrammo. Ci dirigemmo subito dai felini. Leoni, tigri e leopardi; lei mostrò subito tutta la sensibilità del suo essere femminile alla vista di quei poveri animali dietro le sbarre.

«Pore bestie, però... Perché l'hanno messe in queste gabbie chiuse?»

«Perché, se le gabbie fossero aperte, le bestie scapperebbero per ritornare in Africa, nelle foreste dove sono nate. Quello è l'istinto bestiale, quando l'animale è rinchiuso, vuole scappare per ritornare a casa, cerca delle scappatoie. Una volta scappato... se non lo rivedi più, ce metti una croce sopra; se invece poi lui ritorna in gabbia, diciamo che ha fatto solo una scappatella. Ce pòi passa' sopra; come ha fatto mia zia con mio zio, l'anno scorso.»

«Perché tuo zio sta in gabbia?»

«Di più: zio è sposato da una vita.»

«E non lo trovi romantico?»

«A mi' zio?»

«No. Dico, non è romantico che sono sposati da una vita?»

«Be', sììì. In un certo senso, per chi ci crede...»

«E tu ci credi nel matrimonio?»

«Tantissimo, credo nel matrimonio come unica forma di libertà tra un uomo e una donna. Anzi, ti dirò di più: il matrimonio è un'invenzione dell'uomo, non esiste in natura, è artificiale. Mica gli animali si sposano, solo l'uomo e la donna lo fanno, per stare insieme. Pensa che bello, un uomo e una donna sempre insieme. La mattina insieme, a colazione insieme, a pranzo insieme, il pomeriggio insieme, la sera insieme, a cena insieme, e a letto pure insieme. E il giorno dopo uguale: la mattina insieme, a colazione insieme, a pranzo insieme... e questo non per un anno, due, tre... No, ma per dieci, venti, trent'anni... e trent'anni ormai non si danno più a nessuno!»

«E a me quanti anni mi dai?»

«Perché? Tu quanti anni hai?»

«Lo sai che non si chiede l'età a una donna.»

«Lo so, lo so...Volevo solo sapere da quanto vivi?»

«Be'... così a occhio nudo, fra un anno e due mesi, quasi diciotto anni.»

«Ammazza... Io te ne avrei dati almeno diciannove e mezzo.»

«Grazie. Che carino che sei...»

«Io? Perché?»

«Perché mi fai più grande di quello che sono.»

«Non sono io il carino, tu sei carina. Anzi posso dirti una cosa? Lo sai che la prima volta che t'ho vista a quella festa, mentre stavi andando al bagno e io ne uscivo, ti ho mangiato con gli occhi?»

«E perché?»

«Perché avevo fame di te e dicevo tra me e me: "Mamma mia, guarda che pezzo di... che bella sor... sor... che bella sor... presa che m'hai fatto quando t'ho visto. Ho sentito come un formicolio dei peli, il cuore in gola, la gola asciutta, le mani bagnate, tutti i brividi e un blocco alla pancia, come quando ti rimane qualcosa sullo stomaco".»

«Perché, io ti sono rimasta sullo stomaco?»

«De più! Tu mi sei entrata dentro, come i ladri l'anno scorso a casa. Loro se so' rubati solo i gioielli de nonna, tu m'hai rubato il cuore. Piccola ladra: ladrina.»

«Che mascalzone che sei! Chissà a quante donne dici la stessa cosa per farle innamorare.»

«Guarda che a me le altre donne non m'interessano: io non sono fidanzato.»

«Ci devo credere?»

«Me possino cecamme*. Chiedi in giro, domandalo a chi vuoi. Ormai lo sanno tutti.»

«Che sanno tutti?»

«Tutto. Che mi piaci, che tu per me... cioè io quando penso a te... quando ti vedo... insomma io sto bene con te.»

«Pure io sto bene con te.»

«Allora mettiamoci insieme?!»

«A fare che?»

«A fare tutto quello che si fa quando uno sta insieme all'altro che sta insieme a te.»

«Tipo?»

«Baciarsi.»

«Ma che sei matto? Qua ce guardano tutti e se qualcuno fa la spia a mio padre?»

«Intanto chi fa la spia non è fijo de Maria, non è fijo de Gesù e quando muore va laggiù. E poi qui ci sono solo animali africani, figurati se conoscono tu' padre.»

«L'anno scorso, però, il fratello di mio padre è stato in Africa.»

«E che c'entra il fratello di tuo padre? Ma perché, se somigliano?»

«No. Per niente.»

«E allora che problema c'è? Baciami!»

«No. Baciami tu.»

«Dai mettiti così.»

«Così come?»

«Allunga la bocca, come per fare la lettera U, così viene meglio.»

A questo punto, io mi umettai i labbri con la lingua, da per me medesimo, con le braccia la tirai verso di me, e l'abbracciai forte, cingendola tanto stretta da farle mancare il fiato. Poi chiusi gli occhi e cominciai a baciarla. Intensamente, appassionatamente: ero teso, emozionato, sulle labbra di Diana mi sembrava di volare. La mia dea tese il suo arco, mirando dritto al cuore. Diana scoccò la freccia e fu amore. Lì allo zoo, al costo di due biglietti interi, io e Diana eravamo una cosa soltanto, uniti insieme dai nostri labbri che si incontravano e si scontravano in una girandola di emozioni. Il mio labbro superiore col suo labbro sotteriore, che si «unano» all'unisono, che si umettano, con la lingua che si dipana ne la bocca: la lingua panata, che se srotola e se smena fra li denti co' la saliva mia, e la scendeva sua; con gli occhi chiusi i miei e gli occhi aperti i suoi. Allora io li aprii ma lei li chiuse e li richiusi anch'io (così non vedevo). Poi, per controllare se li teneva chiusi, rimasi co' 'n occhio aperto e uno chiuso.

Lei ricambiava i miei baci ma non si lasciava andare completamente: la sua bocca era aperta sì, ma non tanto, insomma il suo era un pomiciare da oratorio, all'acqua di rose. Difatti, più insistevo con la lingua a grimaldello, più lei serrava le labbra. Poi, un po' per gioco, un po' per farmi desistere dal mio proposito quasi cannibalesco, mi diede un morso sulla lingua. Il dolore ebbe un effetto calmante sulla mia eccitazione. Ritornai a controllare i miei bassi istinti. Ci staccammo. Lei si diede un'aggiustatina ai capelli. Mi lanciò uno sguardo di scherzoso rimprovero, come per dire: «Guarda che cosa mi hai fatto fare!». Al che prese un gran respiro, mi guardò dritto negli occhi e mi disse: «E adesso?».

Io risposi trionfante: «Adesso ho una sorpresa per te. Dammi la mano».

«Che devi fare con la mano?»

«Lascia fa'.»

«Se non mi dici che devi fare, non te la do.»

«Vedrai che ti piacerà. Vabbe', se non mi vuoi dare la mano dammi almeno un dito.»

«Eh sì, te do il dito, così tu ti prendi tutto il braccio!»

«Dai, dico davvero.»

«Va bene. Che dito vuoi?»

«Un dito a piacere, basta che chiudi gli occhi.»

Con le mani che mi tremavano presi dalla tasca della giacca la scatolina con l'anello.

«Ecco, puoi aprire gli occhi.»

«Che cos'è?»

«Dai, scartalo. È un regalo per te.»

«Per me? Uh! C'è anche scritto: "Per Diana".»

«Per Diana scartalo.»

«Io lo scarto, ma non la prendere così... Perché te sei innervosito?»

«No. Ho detto "Per Diana" nel senso che il regalo era per Diana che sei tu che te chiami così.»

Dopo l'inevitabile chiarimento Diana aprì la scatolina e vide l'anello.

«È bellissimo.»

«Lo sai che cos'è questo?»

«A me mi pare un uccello.»

«Be', chiamarlo uccello è riduttivo. Questa è un'aquila.»

«Non sapevo che le aquile erano celesti.»

«È vero: di solito le aquile sono marroni. Questa è celeste perché vola nel cielo. C'è proprio una poesia che ce lo spiega. L'ha scritta un poeta del Lazio.

«Nel cielo bianco azzurro brilla una stella
«di tutto il firmamento è sempre la più bella.
«Insieme a te, aquilotto, noi voliamo via,
«la domenica sempre ci fai compagnia.
«Se la incontri, ce pòi sta' serena
«che te pija, te impallina e te sderena.»

Colpita, Diana disse: «È bellissima. Che vuol dire?».

«Praticamente questa poesia...»

«Uh, ma questo anello si apre... e chi...?»

«Non te l'aspettavi eh?»

«È fichissimo, e questo?»

«Questo della foto? Giorgio Chinaglia.»

«Ah, è il poeta del Lazio?»

«Be'... Giorgione, più che poeta, era un condottiero che trascinava alla vittoria. Diana, nel nome di quest'anello, ti vuoi mettere con me?»

Lei si fece improvvisamente seria.

«Be', oddio, detto così... mi prendi alla sprovvista. Io... io...»

«Allora che mi rispondi?»

«Non lo so, Enrico. Ci devo pensare, devo riflettere se tutto questo è giusto. Per me, per te, per tutti... Ascoltami: mi conosco, lasciami un po' di tempo, perché se mi costringi a prendere una decisione così de prescia*... che ne sai? Posso pure prendere quella sbagliata. Fallo per me, devi cercare di capire...»

«Non ti piaccio eh!?»

«Ma che dici! Anzi, tu sei molto carino, sei tenero... È che... è che...»

«Che è?»

«È che noi donne siamo fatte così: se ci tieni veramente a me, devi avere pazienza, mi devi dare un po' di tempo.»

«Basta un'oretta?»

«Non scherzare.»

Non scherzai. La presi sotto braccio, un po' perché non sapevo che fare, l'altro po' non me lo ricordo. Cominciammo a camminare finché non arrivammo a una roulotte adibita a bar mobile.

«Oh, a me tutta 'sta camminata m'ha fatto veni' 'na fame.»

«Anch'io c'ho fame, ma di te!»

Lei mi guardò, avvicinò la sua bocca alla mia, e mi sussurrò teneramente: «S'o famo 'n panino co' 'a mortazza*? Sento 'na cosa alla bocca dello stomaco».

«Quella è la fame. Difatti si dice proprio: la fame abbonda nella bocca dello stomaco.»

Con gli ultimi soldi che avevo in tasca, risparambiati* con tanta fatica, comprai un panino e una birra in lattina, per lei.

«Tu non lo piji, er panino?»

«No, a me lo zoo blocca lo stomaco.»

Mentre la mia ragazza addentava soddisfatta il panino, arrivammo alla gabbia di una specie de cammello senza gobbe. Il lama. Sapevo che c'era qualcosa di curioso legato a 'st'animale, una peculiarità, ma non me la ricordavo.

«Come se chiama 'st'animale?»

«Chi questo? Si chiama... si chiama Roberto!»

«Tu scherzi sempre.»

«No, Diana, non scherzo sempre. Ora so' serio. Se adesso io ti abbracciassi che cosa faresti?»

«Non lo so... Te l'ho detto, so' confusa.»

Approfittando della sua confusione, l'abbracciai, e l'abbraccio diventò una stretta sempre più forte. Mi ero eccitato quando improvvisamente cominciò a piovere: sentivo come una gnagnarella* sulla testa. Allora alzai lo sguardo, il cielo era sereno, mi passai la mano tra i capelli bagnati e ricordai la peculiarità di quell'animale. Era un campione mondiale di sputo.

Diana prese un fazzoletto dalla borsa e mi asciugò.

«Che fijo de 'na mignotta, 'sto lama. Da dove viene?»

«Questo? Questo lama? Dunque, lo portò dalla Cina Marco Polo...»

«Quello delle magliette?»

«No. Quello è Lacoste che importò i coccodrilli dalla Francia. Invece questo... si chiama... pensa, il suo nome scientifico è Lamatibetano.»

«Lamatibetano! È un nome lungo pe' 'n animale solo.»

«Difatti lui si fa chiamare Tano.»

«Dai, andiamo a vedere gli altri animali.»

«Vabbe'. Andiamo a vedere gli elefanti...»

«Uh, quanto so' grossi, non li avevo mai visti dal vivo.»

«Be', certo dove abiti tu, a Ostia, vicino al mare, avrai visto gli elefanti marini. Questi invece sono elefanti di terra, pensa che vengono addirittura dall'Africa. Ma questi non sono mica stati sempre così.»

«Nooo?!»

«Ma che scherzi? Nei tempi antipeduliviani, qui ti parlo chiaramente dell'era glaciale, erano molto più grandi, erano tutti pelosi fino alle zampe e lasciavano delle impronte enormi sulla neve.»

«E come si chiamavano?»

«Manbut. Erano tutti neri. Poi ci fu una pioggia di meteore e sono scomparsi.»

«Scomparsi?»

«Sì. Diciamo che con tutto quel meteorismo si sono stinti e sono diventati grigi. Mo se chiamano elefanti. Appartengono alla famiglia dei mammiferi.»

«Tutti?»

«Solo i maschi. Si sa che i maschi so' mammiferi e le femmine so' più papifere.»

«Perché muovono le orecchie?»

«Per raffreddarsi, si fanno aria. C'hanno il raffreddamento ad aria.»

«E dall'Africa come sono arrivati fino qua allo zoo?»

«Tu non conosci la storia: questi non sono mica arrivati da soli, sono stati portati a Roma fra il III e il II secolo a.C., da Annibale, che era cartaginese, durante le guerre puniche.

«Queste guerre vedevano contrapposte le due squadre: Roma VS Cartagine. Annibale portò gli elefanti per spaventare i romani, che come te non li avevano mai visti. Non li aveva visti neanche il capitano dell'esercito romano: Publio Cornelio Scipione soprannominato l'Africano. Roma vinse per il grasso del capello perché Cartagine era molto forte. Infatti ci mise due guerre a capire la forza del proprio avversario, trionfando alla guerra supplementare.

«Annibale portò in Italia circa quaranta elefanti, anzi per la precisione trentasette. E, per arrivare a Roma, fecero tutto un giro di Peppe*, passando dalla Spagna. Poi arrivarono alle Alpi; lì molti elefanti morirono di geloni, un po' per il freddo, altri creparono nei crepacci e quelli che vedi qui sono i discendenti dei superstiti. Questi so' romani da sette generazioni.»

«Uh, guarda, quello più grosso s'è addormentato?»

«Non è che s'è proprio addormentato. Gli elefanti, si sa, mica si addormentano completamente come tutti gli altri. Né si sdraiano:

loro, gli elefanti, si appoggiano, perché poi fanno meno fatica ad alzarsi. Infatti, siccome sono le due passate, avendo già pranzato viene loro la cecagna e s'appoggiano un attimo.»

«S'appoggiano?»

«Sì, te l'ho detto, i pachidermi fanno un po' come mi' nonno, come dire? Di pomeriggio, dopo mangiato s'abbioccano*.»

«Ma perché? Tuo nonno è un pachiderma?»

«No, lui no, è de Roma centro.»

«E si abbiocca?»

«Già. Come dice Luigi, il Magno poeta, s'appennica*.

«Così passa un'oretta sana sana
«e intanto tutta Roma
*«s'azzitta, se ferma e se sprofonna**
*«non se move 'na fronna**
«e l'omo resta giù che pare morto.
«Se ne va via sull'onda
«e naviga in un sonno duro e corto
«pe' via che è l'ora bella
*«che, a Roma, ognuno fa la Pennichella**.

«Bella questa poesia, non la sapevo. Ma è nuova?»

«Be', nuova. Per te che non la sapevi è nuova. Me l'ha detta il bidello nel quarto d'ora di ricreazione.»

«Ammazza, sei bravo a ricreazione!»

«Io, a ricreazione, non per vantarmi, c'ho tutti più.»

«A me m'affascina un sacco la gente che sa tante cose.»

«Be' sai, ricordiamoci, come diceva coso, che fatti non foste per viver con i brutti ma per inseguire la cosa.»

«La che?»

«Avvicinati che te lo dico all'orecchio.»

«Ma che fai? Mi vergogno, davanti agli elefanti...»

«Ma quelli so' appennicati. E poi chi li conosce? Che, dovemo rende' conto a loro?»

«Ma che fai co' 'ste mani, smucini*?»

«Ma perché non ti piace?»

«Non è che non mi piace, ma da come me inciafrugli* con quelle mani sembra che stai a cerca' qualcosa.»

«Dai, lasciati andare.»

«No, no... ma che mi metti la mano lì!»

«Lì dove?»

«Lì, lì.»

«Io?»

«Sì, la mano di prima.»

«Ah, la prima mano, quella si dà e poi era una mano de passaggio. Che collo lungo che hai!»

«Ma che fai mi baci il collo?! Basta! Enri', non possiamo. Ma ti rendi conto che, se continui così, finisce che m'attizzo, pijo foco e rischiamo di bruciare tutto!?»

«E io questo voglio!»

«No, nun va bene così. Non posso fa' sempre quello che dici. M'hai detto di fare sega a scuola: io prima ti ho detto di no e poi mi sono fatta convincere. M'hai detto di venire allo zoo: io prima non volevo e per la seconda volta mi sono fatta convincere...»

«Allora non c'è due senza tre...»

«No, non sono pronta a questo passo. Te l'ho detto: ho bisogno di tempo.»

«Ho capito, ma s'è fatta 'na certa*: fra un po' chiude lo zoo.»

«Sì, ma qui ci possono vede'!»

«Allora annamo là, dietro quei cespugli.»

«Ma che te vòi infratta'*? Oddio non fare il ragazzino, su. Che è tutta 'sta fretta? Abbiamo tutta la giornata davanti a noi.»

Mentre Diana parlava, io perlustravo discretamente con lo sguardo alla ricerca di un luogo riparato che andasse bene per un'imboscata godereccia.

Dopo gli orsi bianchi, tra i volatili e i pinguini, c'era il posto che cercavo: una collinetta con al centro degli alberi che ti riparavano dalla vista. Con la scusa dell'ombra, portai Diana fra quegli alberi, lontano da sguardi indiscreti. Mi sdraiai e, battendo la mano destra sull'erba, la invitai a fare altrettanto. Lei non si fece pregare, e io le misi il braccio sotto il collo come fosse un cuscino.

«Madonna che bel freschetto. A Enri', sarà il panino, sarà la birra. Come dice er poeta tuo? Me sta a veni' 'na cecagna...s'a famo 'na pennichella?»

«Penni... pennichella.

«S'azzittano er grillo e la cicala
«e mentre il sonno cala
«s'addorme l'omo dove s'aritrova

«che manco ce se crede, in piedi oppure a sede'
«addosso ar muro, alla luce, allo scuro.
«Perfino all'ombra di una donna bella
«e allora se fa quella
«che a Roma noi chiamamo pennichella.»

Oh, manco finii di dirla, sarà stato quel venticello, che era una manosanta*, sarà stata la stanchezza, sarà stato il fatto che Diana stava già a dormi'... m'appennicai profondamente pure io. Ci svegliò di soprassalto il ruggito di un leone. Ci accorgemmo subito che qualcosa non andava, intanto perché camminando verso l'uscita non incontrammo anima viva. Arrivammo di corsa al cancello principale. Era chiuso.

«Oddio, Enri', ci hanno chiuso dentro, e adesso che facciamo? Madonna mia lo sapevo, lo sapevo che non dovevo venicce.»

«A Dia', tranquilla. E io che ce sto a fa'? Fra cinque minuti al massimo semo fori.»

Facevo er fico e c'avevo le mie buone ragioni. La mattina, girando, avevo notato che dalla parte opposta all'entrata il muro era più basso di almeno un metro... Arrivammo in quel punto.

Effettivamente non era molto alto. «Vai prima tu. Non preoccuparti, ti sostengo io.» La feci salire sulle mie spalle e, quando afferrò il bordo del muro con tutte e due le mani, cominciai a spingerla su afferrandola per i glutei.

«Che fai? Mi tocchi il sedere?»

«A Dia', ma te pare questo il momento de pensa' a 'ste cose? Anche se sei una donna, io da qualche parte ti devo acchiappare. E poi io qui sotto mica me sto a diverti'!»

«Hai ragione, scusa.»

E invece me la stavo godendo alla grande: le mani mie si erano incollate al suo fondoschiena.

«Adesso mi puoi anche lasciare. A Enri', guarda che se non mi lasci non riesco a salire!»

«Ma nooo, io te tengo pe' non fatte casca'.»

In pochi minuti riuscimmo a evadere da quella prigionia di tanti animali. Salimmo sul motorino.

«Tieniti stretta, te faccio fa' un giro pe' Roma.»

Diana cinse i miei fianchi con le braccia. La stretta non era ancora come avrei voluto io, cioè mozzafiato, ma il viaggio era lungo...

«Allora, prima che partiamo, che mi rispondi?»

«Che te risponno de che?»

«Alla domanda di prima: cioè se tu, Diana, vuoi esse' la mi' regazza...»

Lei non rispose, ma mi diede un bacio sul collo che valeva cento sì. Misi in moto, mezzo giro di pedalino, piccola sgassata a secco e partimmo. Il vento sulla mia faccia e nei capelli di lei, noi due attaccati sfrecciavamo col mio destriero di cinquanta cavalli sulle strade piene de sampietrini* de Roma.

Ero felice, alla vita non potevo chiedere di più, ero ingarellato* fracico* di quella ragazza. eravamo come Gregory Peck e Audrey Hepburn in *Vacanze romanesche*, solo che, invece della classica Vespa, avevo un Garelli tre marce: il mio motorino!

DEL PERCHÉ NON SI PUÒ FARE A MENO DEL MOTORINO (DEGLI ALTRI)

Ovvero

IL 3 SETTEMBRE È PIÙ POETICO DEL 5 MAGGIO

Il mio non era un motorino, era *il* motorino. Un Garelli vip 3v, nero e oro, quarantotto centimetri cubici di cilindrata, con la sella lunga, il faro quadrato. Un gioiellino: c'avevo messo il carburatore Dell'orto 14/12. Dell'orto de zio. Era il carburatore della motozappa: da zero a cento in quaranta minuti. Ma per raggiungere queste prestazioni dovevo stare basso basso, aiutato anche dalla marmitta a espansione, la Polini: era bellissima, faceva un rumore che, quando andavo al muretto, tutti si giravano e urlavano... quello che urlavano... nun se pò ddi' quello che urlavano.

Era il mio orgoglio: ma solo il mio, a giudicare dalla faccia schifata che facevano gli amici quando arrivavo.

Arrivavo al muretto e lo parcheggiavo, loro m'avrebbero voluto vedere fare le pinne* con un cinquantino special, detto anche specialino, con motore 125 e freni a tamburo, oppure in derapata su un Sì della Piaggio, modificato settanta cavalli, doppio specchietto, con marmitta senza silenziatore.

Che ne sapevano loro, l'amici del muretto, del rapporto d'amore tra me e er motorino mio... e di come ne ero entrato in possesso?

Cominciò tutto un venerdì mattina presto, alla libreria internazionale, tra il «Financial Times», «Il Sole - 24 Ore», «The Economist», «Lando tre palle» e «Voglia maglia». Io presi l'ultima edizione di «Porta Portese», rivista di annunci di compravendita dell'usato aumma aumma tra privati, alla ricerca di un motorino, un bel motorino, il mio motorino. Andai subito alla voce «motorino mio», a pagina 27.

«Dunque... mmm... mmm... motorola... motosega... motoscafo... motovedetta... motozappa... motoaluogo... motorino!»

Fui fulminato da quell' annuncio: «Vendesi motorino Garelli vip 3v nero e oro, poco usato, unipro, accessoriato, sempre garage. No perditempo. Chiamare Mario ore pasti».

Io che non volevo perdere tempo, perché il tempo è denaro e il denaro beato a chi ce l'ha, all'ora di pranzo telefonai:

«Pronto, parlo con Mario Ore Pasti?»

«Sì, me dica!»

«Senta, telefono per quell'annuncio del motorino messo su "Porta Portese".»

«Mi puoi telefonare più tardi che adesso sto a magna'?»

«Ah... scusi... non lo sapevo.»

Dopo un'ora richiamo:

«Pronto».

«Sì, chi è?»

«So' quello che ha telefonato prima per il motorino.»

«Me poi chiama' più tardi che sto ancora al secondo...?»

«Va bene, richiamo dopo.»

Dopo un'altra ora riprovo e lui mi dice che sta al contorno.

Chiamai altre volte ma Mario Ore Pasti stava sempre a magna'... S'erano fatte quasi le sei del pomeriggio. Provai l'ultima volta.

«Pronto? Sono quello di prima. Posso parlare?»

«Sì, parla pure, casomai l'amaro me lo prendo domani. Che vorresti?»

«No, dicevo che chiamo per l'annuncio, volevo sapere le condizioni del motorino.»

«Condizioni? Senza condizioni: prendere o lasciare.»

«No, dicevo, in che stato è?»

«È perfetto, mi dispiace pure venderlo: è un gioiello, sempre garage!»

«Allora se è sempre garage lo prendo!»

«Però c'è un problema.»

«Quale problema?»

«Insieme al motorino ti devi comprare pure il garage.»

«Pure er garage?»

«Certo, sennò er garage me rimane sur groppone*.»

«Ma io veramente ar garage nun c'avevo pensato...»

«Allora te saluto perché me devo ancora pija' l'amaro...»

«Va bene» dissi io «li compro.»

Lui decise il prezzo, facemmo il passaggio di poprietà all'Aci e così diventai padrone del motorino e del garage. Però, siccome io abitavo lontano dal garage, andai da mia madre e le dissi:

«A ma'... io vado a vive' da solo...»

«E dove vai a vive'?»

«In garage!»

Feci il trasloco di tutte le mie cose e mi trasferii. Però er garage era piccolo. O c'entravo io o c'entrava er motorino. Allora dissi al motorino: «Famo una notte per uno».

Il motorino non rispose, era un motorino silenzioso.

E si sa che chi tace acconsente. Facemmo la conta e la prima notte toccò ar motorino dormi' de fori. Per non farmelo frega' pensai de legarlo al palo della luce... ma, dato che in quel quartiere l'illuminazione pubblica non c'era ancora arrivata, non c'erano pali. Andai a comprà un par di pali. Col piccone scavai una buca, li murai cor cemento a presa rapida e ci legai il motorino: la ruota davanti con una catena a un palo; la ruota di dietro, con un'altra catena, all'altro palo.

Mi misi il pigiama di flanella e andai a dormire in garage. Dormire per modo di dire, perché per la paura che mi rubassero il motorino non riuscivo a prendere sonno. Allora mi dissi: «Sai che faccio? Mi punto la sveglia al quarzo, così a ogni ora vado a controllare».

La prima sveglia era a mezzanotte: di soprassalto mi svegliai, andai a controllare e il motorino c'era. Soddisfatto mi rimisi a letto e programmai la sveglia al quarzo per l'una.

Al primo trillo, come un bersagliere al giuramento, mi alzai di scatto e corsi a controllare, il motorino c'era ancora. «E vai!»

Felice come una pasqua, mi infilai sotto le coperte di lana abruzzese e regolai la sveglia al quarzo alle due, poi alle tre e così via. La sveglia al quarzo mi scrollava dal letto puntuale come un orologio svizzero. Era bellissima, ma alle quattro non mi squillò: si era rotta, sì, la sveglia si era rotta il quarzo.

Purtroppo io continuai a dormire fino alle nove del mattino seguente. Mi svegliai di soprassalto con un presentimento.

In pigiama corsi fuori: s'erano rubati tutto, prima i pali, poi le catene e infine il motorino. 'Na tragedia.

Allora mi vestii alla bell'e meglio, un jeans e una maglietta sopra il pigiama di flanella, e andai a denunciare il fatto in caserma.

«A marescia', mannaggia la pupazza*: m'hanno rubato il motorino!»

«Uhè, calma, che cosa è successo?»

«A marescia', m'hanno rubato er motorino!!»

«E allora dobbiamo denunziare immediatamente il fatto alle autorità competenti. Appuntato Gargiulo, scrivi...»

«Che cosa, marescia'?»

«Scrivi: Roma, lì...»

«Dove?»

«Lì a Roma, dove hanno rubato il motorino... no? Allora... Oggetto due punti. Sottrazione coatta e non autorizzata di velocipede a motore detto comunemente motorino due punti a capo.

«Io sottoscritto... generalità... dichiaro sotto la mia unica e sola responsabilità... quanto segue due punti a capo.

«Di fronte alla presenza del maresciallo capo Capone Antonio fu Pasquale virgola comandante di stazione... dichiaro che... che?»

«Che?... Che...?»
«Che cosa dichiara, giovanotto?»
«Ah sì... che m'hanno rubato il motorino.»
«Ancora! Ma Santo Iddio, non si dice così semplicemente: m'hanno rubato il motorino!»
«E come se dice?»
«Giovanotto, questa, per tua norma, è una denunzia alle autorità competenti in triplice copia, per cui vanno usate terminologie appropriate, mica stiamo al baretto sotto casa, che uno parla come mangia. Allora si dice così: "Oggi in data odierna virgola, alla mia persona medesima veniva sottratto un ciclomotore di cinquanta centimetri cubici adibito al trasporto di persone. Di mia proprietà..." E dove stava 'stu motorino?»
«Fori, vicino al garage.»
«Ma non si dice garage! Si dice: collocavo ello esternamente alle mura della mia autorimessa detta comunemente box! E dove stava parcheggiato?»
«Eh, l'avevo parcheggiato proprio sul marciapiede.»
«E che, si dice marciapiede? Si dice: ponevo il suddetto ciclomotore sulla struttura in mura-

tura non particolarmente alta ma larga, adibita al passaggio avanti e indietro dei passanti. E dove l'hai messo 'stu motorino?»

«Legato ai pali della luce.»

«Uhè, e che si dice legato ai pali della luce? Ma che siamo impazziti? Si dice: ponendo il suindicato veicolo a due ruote in prossimità dei sostegni metallici dell'illuminazione pubblica! E come era messo 'stu coso?»

«Con due catene.»

«E che si dice catene? Si dice: sequenza limitata di anelli d'acciaio temperato uniti tra di loro in modo continuo e traslato, terminando con un sigillatore metallico in lega d'ottone detto comunemente lucchetto! E poi che è succiess'?»

«A marescia', io mi sono messo a dormire, ma ho fatto sonni brevi, di un'ora al massimo. Poi la sveglia si è rotta il quarzo e allora se so' rubati il motorino.»

«E non sa chi è stato?»

«No!»

«Allora la denunzia posta in essere, in mancanza di elementi di riconoscimento del reo, va fatta contro ignoto.»

Non sapendo cos'altro fare, il maresciallo, dopo aver sporto denuncia contro ignoto, mi fece la multa per occupazione di suolo pubblico con pali non regolamentari.

«Come non regolamentari?» domandai io. «Ma se c'ho messo pure il cemento!»

«Ah, ha pure cementificato?! Allora c'è un'altra multa per cementificazione abusiva senza autorizzazione del Comune e per aver scavato buche non regolamentari, e per istallazione abusiva di pali non a norma. Lei, caro signore, sta messo male. Deve andare subito a togliere i pali.»

«Ma li hanno fregati assieme al motorino! Vede marescia', 'sti zozzi se so' presi tutto e hanno lasciato solo due buche sul marciapiede.»

«Pure? Di male in peggio. Ci si aggiungono le buche abusive non regolamentari con pericolo di caduta dei pedoni regolamentari nelle suddette buche non regolamentari. Lei è nei guai fino al collo!»

«Oddio, Madonna, che devo fa'?»

«Che deve fare...? Mi porti qui immediatamente le buche come prova tangibile dell'avvenuto furto.»

«Ma come posso fare? Dovrei prelevare tutto il marciapiede e da solo non ci riesco!»

«Allora faccia una cosa: siccome sono un padre di famiglia, io non so niente, io faccio finta di non averla mai vista né conosciuta. Vada subito a tappare quelle buche con cemento regolamentare...»

«Regolamentare? Vabbe', vado a comprarlo. E che je dico al ferramenta?»

«Gli spiega che deve attappare le due buche non regolamentari con cemento regolamentare a norma di legge regolarmente impastato. E, già che c'è, si faccia dare pure due sacchi grandi...»

«Regolamentari?»

«Bravo. Due sacchi regolamentari per raccogliere i residui di calcinacci non regolamentari.»

«Vado subito. Grazie, marescia'.»

Uscendo dalla caserma ero più confuso che persuaso. Passai dal ferramenta, comprai tutto l'occorrente regolamentare e corsi a tappare le buche. Arrivato sul posto, tutto mi potevo immaggina' de vede', tranne quello che vidi. All'ingresso del garage c'era il mio motorino posteggiato, con un ragazzotto sui diciott'anni che je stava sopra. Il tipo aveva un vistoso cerotto sulla fronte. «Ahò... ma quello è il mio motorino!» dissi.

«Ah, sei tu er padrone de 'sto catorcio? So' du' ore che ti aspetto!»

«Intanto, non è un catorcio ma è il motorino mio. E secondo, scendi subito da quel catorcio del mio motorino.»

«Ma chi lo vole 'sto coso...»

«E se nun te piaceva, perché me l'hai rubato?»

«Sta' calmo e non cominciamo a usa' termini inesatti. Rubato lo dici a tu' sorella. Io me lo so' preso in prestito perché il mio m'ha accannato* dietro l'angolo, era finita la miscela e non potevo mica fammela tutta a fette* pe' torna' a casa!»

«Non è una buona scusa pe' ruba' i motorini degli altri!»

«Aridaje* co' 'sto ruba'.»

«Perché te sei preso proprio er mio Garelli? Non te potevi pija' un tassì o fatte da' 'no strappo da qualcuno?»

«C'hai ragione, ma il tassì nun lo potevo prenne' perché nun so guida'. Comunque, per tua norma e regola, prima de pijallo ho domandato in giro di chi era. E siccome nessuno m'ha detto: "È er mio", me lo sono preso in prestito per quattr'ore. Quindi, se non lo sai, per legge, praticamente 'sto catorcio diventa mio per uso copione!»

«Usocopione?»

«Esatto. Come si vede che nun frequenti l'avvocati!»

«Non te preoccupa': rimedio subito. Ora chiamo il mio avvocato e te denuncio. Poi vediamo che fai!»

«Che faccio? Te faccio 'na controdenuncia coi fiocchi! Lo vedi 'sto cerotto sulla fronte? Co' 'sto motorino, pe' fa' una pinna davanti alla mia regazza, so' ito longo* in curva. All'ospedale m'hanno dato quattro punti sottocutanei e cinque giorni di prognosi regolamentarc.»

«Che conosci il maresciallo?»

«No, ma conosco la legge. "Articolo 524, comma 2 paragrafo 19: il proprietario possessore di un motoveicolo è obbligato alla regolare manutenzione dello stesso. Non facendo ciò, è ritenuto responsabile del cattivo stato del motoveicolo, e delle conseguenze civili e penali che ne conseguono in caso d'incidente, nella fattispecie quando il sinistro stesso è conseguenza diretta o indiretta della colposa inosservanza di cui sopra." 'Sto motorino c'ha le gomme lisce. E qua ce sta pure un po' de ruzza*, ché se me ce tajavo me pijavo pure er tetano. Causa che nun c'è stata fatta regolare manutenzione dello stesso... E in conseguenza di ciò se ne deduce 'sto ricamuccio che c'ho in fronte. 'O sai che stai 'nguaiato, sì?»

«Iooo? Perché inguaiato?»

«Perché quanno uno c'ha un mezzo come er tuo, nun lo lascia de fori, in modo che chiunque se lo pija pò fa' 'n incidente. Questo nun è un motorino: è un attentato alla salute pubblica. Ora non dico che gli dovevi rifa' la cromatura, ma almeno cambia' le ruote. E se m'ammazzavo?»

«Posso giura' che l'avevo preso da manco ventiquattr'ore... Difatti m'ero ripromesso che dovevo farlo vede' da un meccanico. Proprio pe' sta' tranquillo...»

«Ce devo da crede'?»

«Me possino ammazza'.»

«Vabbe', per stavolta nun te denuncio... Ma sta' in campana... perché nun è che pòi trova' sempre gente come me!»

Così ritornai in possesso del mio motorino. Da allora, il 3 settembre, giorno del fatto che vi ho appena raccontato, giurai che quel motorino sarebbe stato il mio fedele compagno di viaggio.

DEL PERCHÉ LA CULTURA PAGA

Ovvero

VACANZE ROMANESCHE

Come ho detto, quel giorno allo zoo di Roma ero felice. Diana e io eravamo come Audrey Hepburn e Gregory Peck in *Vacanze romanesche*! Avevo voglia di parlare con lei, avevo voglia di dirle quello che sentivo in quel momento. Preso da quell'atmosfera magica, pensavo a Diana che, pur non volendo rispondere alla mia domanda, aveva comunque accettato il mio anello, e quindi era quasi diventata la mia ragazza. Avrei voluto dirle mille cose ma non potevo, non tanto perché non riuscissi a trovare le parole... ma per il rumore della marmitta Polini a espansione del mio motorino che copriva qualunque tentativo di dialogo. A dire la verità c'ho provato, ma qualunque frase le dicessi lei rispondeva irrimediabilmente: «Come?».

Allora io alzavo il volume: «Ho detto che Roma ha tanti posti bellissimi. Ora ti ci porto!».

«Ma che andiamo a fare a quest'ora al porto?»

«Non ho detto porto, è che con questa marmitta tu ci senti male!»

«No, grazie! Io sto benissimo, è solo un po' il rumore di questa marmitta.»

Certo che siamo stati proprio fortunati a nascere in una città piena di storia come Roma. Dove basta un giro in motorino, e non sei più tu a cercare i monumenti, ma sono loro che improvvisamente sbucano da ogni angolo, ti sorprendono con il loro splendore: i colonnati, le basiliche, i giganteschi platani del lungotevere, le immense piazze che dopo una svolta vedi apparire in tutta la loro classica bellezza.

Roma non è più l'opima, grassa prostituta di Fellini. Oggi Roma è una bella donna un po' snob, piena di mistero.

Però a Roma tutto je si può dire tranne che c'è il silenzio. Ma non è trambusto, no! Ché il rumore di Roma non è rumore, è il caos primigenio della creazione, è musica. E in mezzo al flusso affaccendato delle macchine, tra stridii di frenate improvvise e clacson impazienti di esprimere un'opinone, tra ambulanze e sirene di polizia, tra i fischietti e i cori degli scioperi – che ogni giorno ce n'è uno – ecco, qua e là puoi vedere i finestrini delle macchine che si abbassano dolcemente, e da questi esce, con un fil di voce, una nota che diventa parte di un Tutto che si ricongiunge all'armonia universale... «Ma va' a mori' ammazzato te e chi t'ha dato la patente!». E subito sei nell'Aleph, nell'alfa e nell'omega di tutte le cose.

L'improperio del romano non divide, no! Al contrario: unisce! Difatti la voce non dice «Ma va' a mori' ammazzato» e basta. No! Il romano è ospitale in tutto, non ti lascia certo lì da solo, lui dice: «Ma va' ammorammazzato a te... E CHI T'HA DATO LA PATENTE!». Il romano non solo non ti lascia solo ma ti affida a una guida quasi spirituale, che sarebbe quella che t'ha dato la patente... Un Virgilio che da quel momento t'accompagnerà da lì dove sei, in mezzo al traffico, fino a dove la voce t'ha indirizzato. Non esiste l'improperio che ti lascia solo. Ma che scherziamo? Roma è grande. E se te perdi? «Mori' ammazzato te e chi te sveja la mattina», «...te e tre quarti della palazzina tua», «...te e chi non te lo dice con la mano alzata!». Sempre con qualcuno.

È questa Roma: una miscela affascinante di ingiurie e biossido di azoto, di smadonnamenti e polveri sottili. Da dietro una tintarella fuligginosa, poggiata su quei capolavori del passato, sembra voler dire: «Io sono qua da secoli e ci resto... tu che sei di passaggio, vedi che pòi fa'.»

«Lo vedi? L'amore te fa vede' tutto co' l'occhi della poesia» dissi io.

«Ma 'ndove mi hai portata?»

«Ecco, ora chiudi l'occhi che te faccio vede' 'na cosa storica de Roma antica.»

«Ma, se chiudo gli occhi, poi come faccio a vederla?»

«No, tu adesso li chiudi, poi quando siamo vicini li riapri!»

«Sì, sì, che bello. Lo sai che mi piace questo tuo lato culturale e storico: è 'na vera e propria sorpresa per me!»

«Sì, ma chiudi l'occhi, se no non vale la sorpresa...»

«Hai ragione. È bello sentisse accanto uno che sa 'n sacco de cose sulla Roma vecchia, antica di secoli fa.»

«Ma vedi Diana...»

«E come faccio?! C'ho gli occhi chiusi...»

«No, dicevo "vedi" in senso lato. A me sapere le cose me vie' spontaneo, io le cose le so perché so' de carattere così; e poi è un fatto dell'omo che è curioso de sapere, de capire mentre stai nel presente quello che c'è stato nel passato... Non so se me sono reso conto di quello che ho detto...»

L'ammirazione di Diana mi dava forza, mi ringalluzziva: finalmente, dopo anni di scena muta davanti ai professori, adesso la cosa si ribaltava! Io parlavo, io dicevo delle cose storiche e c'era qualcuno che mi ascoltava con ammirazione. Era una rivalsa che mi emozionava.

«Guarda, Diana, ora puoi aprire gli occhi!»

«Uh, che bello! Ma dove siamo?»

«Questo è largo di Torre Argentina.»

«È una piazza sudamericana?»

«No, Argentina non nel senso del Paese, ma perché qui, nell'antichità, c'era il mercato dell'argento. Adesso seguimi. Qui, dove passa l'8, sotto i binari del tram, c'era il famoso teatro di Pompeo, che era molto grande e arrivava fino a Campo dei Fiori, dove c'è la statua di Giordano Bruno, bruciato vivo perché si vendeva le partite.

«Vedi Diana, questa mezza colonna è quanto è rimasto della famosa colonna dove la storia dice... qui, proprio dove c'è l'entrata di questa trattoria, *Da Mohamed allo scapicollo, cucina casareccia* – che, tra le altre cose se mangia bene e se spenne poco – c'è stato un vergognoso assassinio. Pensa: davanti a questa mezza colonna è stato commesso un delitto, un fatto de sangue, anzi un fiotto de sangue...»

«Proprio qua hanno ammazzato uno?»

«Chiamalo uno! Sai come se chiamava quest'uno? Giulio Cesare!»

«Ma chi? Quello del viale?!»

«Proprio quello! Pensa: qua c'era il Senato de Roma, me lo ricordo come se fosse oggi. Lui, Giulio Cesare, come se se lo sentiva che doveva mori', stava uscendo con un'aria mortaccina... difatti un amico suo che lo incrociò gli disse: "Ciao, Ce'! Che è 'st'aria da funerale? Ci vediamo stasera?". "Mmm, lasciame perde' va', mi sa che stasera non è aria!"

«Nel frattempo i congiurati lo aspettavano pe' ammazzallo. E difatti l'hanno fatto fori!»

«E perché l'hanno ammazzato?»

«Perché era un dittatore. Pensa: gli hanno dato ventitré pugnalate!»

«Ma ventitré pugnalate non sono troppe per ammazzare un dittatore?»

«No, perché i congiurati erano ventitré e siccome erano democratici gli hanno dato una pugnalata per uno. Oddio, pugnalata... non era proprio un pugnale, era un gladio, è col gladio che l'hanno ammazzato. L'hanno ammazzato in comune, da qui la famosa frase: mal comune mezzo gladio. E in caso che i carabinieri dell'epoca arrivavano e l'arrestavano, erano tutti colpevoli. Così la responsabilità andava divisa fra tutti.»

«Ammazza che paraculi*. Se l'ammazzava uno si beccava da solo trent'anni... Così erano trenta diviso ventitré. Manco un anno e mezzo per uno, e poi magari tra indulti e attenuanti generiche dopo du' mesi uscivano.»

«Non è proprio così, all'epoca c'era lo JUS ROMANUS.»

«E che era?»

«Era la legge. Noi semo stati l'inventori della legge. Prima ci siamo inventati le leggi, poi siccome erano troppo severe, se semo inventati l'indulto. Comunque... Cesare stava per essere ammazzato.»

«Poro Cesare! Pensa la paura che ha avuto quanno s'è visto circondato da tutti quell'omini cor cortello spianato.»

«Ma stai scherzando spero! Il grande Giulio Cesare non aveva paura de niente e de nessuno. Innanzi tutto, lui già lo sapeva perché un amico gli aveva fatto una soffiata. Ed essendo un uomo di legge, che la legge se la faceva da solo, e di lettere, perché lui leggeva molte lettere, era uno acculturato mica 'no scazzabubulo*, lui sapeva benissimo che tutti i più grandi uomini del passato hanno detto una frase famosa per essere immortali, prima di morire. Era proprio obbligatorio sennò non potevi mori'. È stato così per tutti; coso ad esempio, quello famoso, Archimede Pitagorico, quello delle tabelline, un'oretta prima de mori' disse: "Raggio per raggio per me è quattordici! Poi fate voi". Come pure quell'altro che disse la famosa frase: "I have Driiinn", aspetta come si chiamava? Quello che era nero... "I have Driiinn"... Meucci! Che aveva inventato il telefono ed era nero perché, dato che ce l'aveva solo lui, non sapeva a chi telefonare.

«Era la prassi, detta la frase morivano. Difatti se ci fai caso, c'hanno fatto uno studio, i più grandi uomini del passato so' tutti morti.»

«Ma scusa, se Cesare sapeva di dover morire, perché è venuto qua?»

«Perché era il volere degli dei.»

«Dai, raccontami com'è andata!»

«Tutto cominciò una livida mattina: il 14 marzo del 44 a.C. quando Clodia Pulchra, una ragazzina già ben introdotta negli ambienti di potere, avvertì Cesare della brutta fine che avrebbe dovuto fare l'indomani, a causa della famosa congiura. Fortunatamente il divino Cesare camminava sempre col suo biografo ufficiale, Lucio Scribio, che scriveva tutte le frasi famose che diceva il grande Giulio. E dobbiamo dire grazie a questo stenografo ante litteram se noi oggi abbiamo il resoconto dettagliato di quella storica vicenda, cara Diana.

«Cesare, saputo che doveva morire, stava per cominciare una sfuriata di quelle storiche. Lo stenografo gli disse: "Aspetta, non te incazza' subito".

«"E quando mi incazzo? Io domani muoio!"

«"No, dico: aspetta a sbotta' ché non me scrive la penna."

«"Quante volte ti ho detto che devi avere una penna di riserva?! Tieni, prendi la mia... Guarda che non è che posso fare sempre tutto io, te devi impara', io mica campo per sempre."

«Appena Lucio Scribio prese la penna, Cesare cominciò lo sproloquio e ora ti racconto per filo e per segno di come successe er fatto...»

Mentre raccontavo il fatto, davanti a noi si era radunato un gruppo di turisti tedeschi che ascoltavano le mie parole con molta attenzione. Sarà stata la foga del racconto, sarà stato il mio modo esagerato di gesticolare mentre descrivevo a Diana la fine di Cesare, o forse perché ero salito sulla famosa mezza colonna, fatto sta che nei loro germanici sguardi leggevo un grande interesse; tanto che la guida del gruppo, quella con l'ombrellino aperto, cominciò a tradurre in tedesco tutto quello che dicevo. E in quegli attimi avvenne dentro di me un cambiamento che non mi sarei mai aspettato: d'un tratto mi sentii investito della responsabilità del racconto storico, e soprattutto quella platea spontanea in attesa delle mie parole in un certo senso mi dava il permesso di esibirmi dando libero sfogo alla mia fantasia.

«"Ma Scribio mio, te pare a te che io de prima mattina devo dire una frase storica, così a stomaco vuoto?!"

«"Non abbiamo molto tempo, domani devi morire!"

«"Devo mori'? Che è un obbligo? Se fosse per me camperei altri cent'anni, dei permettendo, e invece me fanno mori'. Guarda, Lucio Scribio mio, come fai fai, fai male. Adesso so' diventato tiranno, ambizioso, dittatore... Non mi vogliono più, non gli faccio più comodo; prima erano tutti boni a di': 'Oh, divino Cesare! Che ce fai 'sto piacere, pòi anna' in Gallia che i popoli sottomessi se stanno a ribella'?';

'Oh grande Cesare!... Che per favore pòi anna' a conquista' la Spagna che c'abbisognano* un po' di tori?'; 'Oh, immenso Cesare! Vai a sistemare le cose in Macedonia che lì stanno proprio alla frutta, è il momento di farli a pezzi?'; 'Oh, magno Cesare! Già che ce sei fai un salto in Cirenaica a rimedia' un po' di schiavi che ce stanno a fini', così nel frattempo dai 'na bella ripassata ai Tolomei che se stanno ad allarga' un po' troppo... E vedi che pòi fa con la loro sorella Cleopatra.' Cleopatra: bona pure quella... Fino a che le ho fatto comodo, davanti tutta docile e carina, di dietro pensava solo all'interessi sua. Non m'ha fatto più vede' mi fijo. Cesarione... chissà 'ndo' sta, bello di papà: che fine hai fatto?"

«A questo punto Lucio Scribio lo riportò alla realtà: "A proposito de fine, mio nobile Cesare; non vorrei mettere il dito nelle piaghe ma...".

«"Ah già, devo mori' domani. A me più che pe' me, me dispiace pe' l'altro mi fijo, Bruto, che se viene a sape' 'na cosa del genere je pija un coccolone*, quello è troppo sensibile."

«"Veramente, mio Cesare, Bruto è il capo dei congiurati!"

«"Ah sì eh?! Li morte'! I figli li fai grossi e questo è il ringraziamento? È proprio vero: fiji piccoli, guai piccoli; fiji grossi, guai grossi; fiji sposati, guai raddoppiati!"

«"Questa non è male, come frase..."

«"Ma non è mia, la diceva mi' nonna."

«"Peccato, allora bisogna trovarne un'altra."

«"Dunque, una frase, che ce vo? Non è difficile... Lucio, ti piace questa? *Venni vidi e vinsi!*"

«"Già l'hai detta!"

«"Allora così: *Vidi, vinsi, venni!*"

«"Ma che famo, la minestra riscaldata?"

«"A proposito di minestra, quella del dado?"

«"Cioè?"

«"Che è tratto."

«"Pure questa hai già detto, magno Cesare."

«"Peccato, questa ci stava a fagiolo."

«"Ma, magno Cesare..."

«"La vuoi fini' co' 'sto magno? Quì, tra minestra, dado e magno me sta a veni' 'na fame!"

«"La frase, Cesare!"

«"Allora, per la frase bisogna immaggina' la scena. Io esco dal Senato... i congiurati mi accerchiano... io li guardo e je faccio 'na risata in faccia e con gli occhi gli devo sfoga' tutta la rabbia, tutto il dolore di un padre. Ecco: padre. È molto importante la figura paterna. Bisogna mettere l'accento sul rapporto tra padre e figlio. Il padre che si ritrova questo figlio davanti con un pugnale in mano. Io, Cesare, lo guardo negli occhi e si deve capire lo stupore, l'amarezza, la rabbia di quest'uomo, di questo grande uomo, di questa figura immensa, capace di sottomettere gli Stati, di farsi amare dal popolo, ma incapace di ottenere la cosa più facile: farsi amare da un figlio! E nell'ultimo istante della sua vita con tono addolorato, ma nello stesso tempo solenne, dice al figlio Bruto, con un filo di voce:

«"*Ma Bruto, fijo mio, davanti a me col coltello?... Ma Bruto fijo de... Ma li mor... Ma io me potevo immaggina' de tutto... A zozzo a 'nfamone! Ma che c'hai ar posto der core? Un sercio*? Delinquente fracico! Perché me guardi co' 'st'occhi inferociti. Ce vo er coraggio tuo ad ammazza' tu' padre!*"

«"Va bene 'sta frase?"»

«"Pe' esse' bella, è bella, ma è troppo lunga. Fai in tempo a di 'sta frase? Le frasi, per rimanere nella storia, devono essere corte. E poi manca di poesia!"

«"È vero, la poesia, tipo... *Figlio, figlio mio degenerato.*

«"*Delinquente scalcagnato... co' quale coraggio tieni 'sto pugnale in mano?*"

«"*Venite pure avanti, voialtri ventidue.*"

«"*In tanti, siete boni, a scannarmi come un bue.*"

«"*Come innocente agnello, da voi sacrificato.*"

«"*A fare 'sto macello, davanti ar mio Senato...*"

«"Ammazza gaiarda! Che ne dici, Scribio?"

«"Cesare, lo sai quanto te stimo, ma a me tutta 'sta robba nun me convince. Dev'esse' 'na frase poetica, non un poema."

«"Scusa, devo o non devo passa' alla storia?"

«"Ma se vòi passa' alla storia la sintesi è importante, il postero nun c'ha bona memoria. Al massimo una frase pe' da' il senso esatto."

«"Come: *Er dato è tratto?*"

«"Bravo. 'Na specie. Acuta ma toccante. La deve capi' er saggio e pure l'ignorante."»

A questo punto del racconto, un coro di tedeschi spazientiti chiese: «E quinti? Antiamo al tunque».

«Purtroppo quel giorno il grande Cesare, a stomaco vuoto, la frase non la trovò. Disse perentorio al suo Lucio Scribio: "Domani improvviso!".

«Il mattino dopo, quel 15 marzo 44 a.C., uscendo dal Senato, fu accerchiato da un gruppo di persone, li contò: oh, erano proprio ventitré! E lì capì che era il momento di trova' la frase. Ma subito però! Diede un'occhiata d'intesa al suo Lucio Scribio, nascosto dietro una colonna. Alla prima pugnalata di Cassio gridò: "Aaaah!" e guardò lo scriba, il quale gli fece segno di no con il dito sussurrandogli: "Non vale come frase famosa, è troppo corta...".

«Alla seconda pugnalata di Servilio Casca disse: "Ahio! Oddio! Mamma che dolore!".

«"No, no, troppo infantile" sussurrò Lucio Scribio. Alla terza pugnalata di Lucio Pella disse: "Vigliacchi, ventitré contro uno. Siete boni a metteveve... a metteverci... a mettecerevi con uno solo".

«"Va quasi bene, Cesare, ma dev'essere una frase in latino."»

«"Pure! Allora per il latino mi ci vuole di più. Aspettate un attimo co' 'ste coltellate, fatemi ripigliare fiato. Per favore congiurati, chi ha fatto si metta da una parte e faccia passare gli altri."

«E Cesare si appoggiò morente mentre i congiurati, pressappoco lì, continuavano a pugnalarlo, dove c'è quel gatto maschio che ingroppa la gatta femmina vicino al cassonetto dove prima c'era la statua di Pompeo... Ecco, proprio lì il grande Cesare perì, sotto i colpi assassini infertoli... Infartogli... Sì, infarto-gli, a lui, difatti a lui gli venne l'infarto quando vide come ultimo congiurato suo figlio Bruto che gli trafisse il cuore.

«"*Tu Brute quoque qui fili mi!? Tu Brute Quaqui quo... tu Brute qui quo qua!*"

«E dopo questa frase il suo potente cuore si spezzò. Così scrisse il grande poeta d'oltremanica: "*Con il volto coperto dal mantello, il grande Cesare cadde. Che caduta concittadini! Tutti, io, voi, tutti cademmo in quel momento, mentre sangue e tradimento fiorivano su di noi. Le ferite erano ventitré bocche mute e se ognuna di quelle bocche avesse avuto una lingua, sarebbe stata tanto eloquente da spingere perfino le pietre di Roma a sollevarsi, a rivoltarsi.*"»

Rimasero tutti col fiato sospeso. Incrociai subito gli occhi innamorati di Diana. Orgoglioso del mio particolareggiato racconto storico, in onore dei turisti germanici feci un inchino in tedesco e giù un applauso fragoroso. Tra un *Danke* e una marea di *schön*, alcuni mi diedero una pacca sulla spalla, altri mi strinsero la mano, altri ancora nella mano mi lasciarono chi mezzo sacco, chi dieci sacchi. In tutto circa trentamila lire che infilai subito in tasca.

«È proprio vero che la cultura paga!»

Salutai tutti e presi per mano Diana, ancora incantanta dalla mia performance di fine narratore.

«Vieni andiamo, Roma ci aspetta!»

DEL PERCHÉ AVERE LA MOLE DI ADRIANO PUÒ COSTARE CARO

Ovvero

MEGLIO COSTRUIRE UN CASTELLO IN ARIA CHE CASTEL SANT'ANGELO

Da lì ripartimmo verso piazza Venezia. Un tragitto breve, tutto in piano, apparentemente «una passeggiata» piacevole. Invece quel breve tratto di strada è fatto di sampietrini.

«Réggete forte a me, che ci sono i sampietrini.»

«Perché si chiamano sampietrini?»

«Bella domanda. Ma sai, Diana, non si sa di preciso. Alcuni dicono che il nome venga da un vecchio artigiano, ormai scomparso, il Sampietrinista: un uomo che scolpiva nella pietra piccole statue del santo, i sampietrini appunto. Ma la tesi più accreditata è che il nome Sampietrino sia riferito al santo più nominato ogni qual volta inciampi in un sercio di quelle dimensioni.»

Così, un breve tragitto di neanche un chilometro, grazie al rumore della marmitta e alle intense vibrazioni dovute ai sampietrini, può trasformarsi in un'esperienza mistica.

Il binomio marmitta/sampietrino porta a diversi stadi di allucinazioni: macchine in tripla fila con lo sportello aperto, e con il proprietario appoggiato che quindi sporge di un altro mezzo metro, altre macchine che non passano, palazzi del Settecento con gli infissi di alluminio anodizzato e, addirittura, autobus che passano in orario, pensa un po'!

Ma ecco che all'improvviso appare piazza Venezia, enorme, trafficata. Lì il manto stradale diventa più liscio e quindi le visioni svaniscono.

«Diana, guarda: questo è il Vittoriano, l'Altare della Patria, conosciuto col nome di "macchina da scrivere di marmo". Vedi quei due militari?»

«A che servono, così fermi?»

«Mica sono fermi, quelli sono due militari attizza-foco, quelli non solo rabboccano la legna, ma fanno la guardia affinché non si spenga. Quell'immenso braciere, con la fiamma che brucia perenne, ricorda sì il monumento del Milite Ignoto, ma testimonia soprattutto l'antico amore dei romani per le braciolate sul barbecue. Quello che vedi dall'altra parte è il famoso balcone de Palazzo Venezia, da dove, in epoche passate, venivano fatti appelli, proclami e dichiarazioni di guerra che ci hanno portato alla rovina. Noi italiani abbiamo giurato di non cadere più nella trappola, ma purtroppo la sindrome del balcone non ci è passata mai.»

«Non so perché, ma quando mi racconti queste cose non so mai se mi stai dicendo delle bugie!»

«Diana, io non dico nemmanco la verità, figuriamoci le bugie!»

«Ah sì? Allora ti voglio mettere alla prova. Gira qui, vai per questa strada.»

«Dove dobbiamo arrivare?»

«Lì, un po' più avanti!»

«Ma lì c'è la Bocca della Verità!»

«Bravo!»

Scendemmo dal motorino e lei mi portò davanti al faccione.

«Questa è la Bocca della Verità!»

«E allora?»

«Pensa: qui la leggenda dice che, se metti la mano dentro la bocca, sei obbligato a dire la verità se no te cionca la mano. Dai, metti la mano dentro e ripetimi tutte le cose belle che m'hai detto!»

«Io? Cioè... io devo mette'... la mano mia?»

«E che, la mia? Dai, così vediamo se m'hai detto la verità.»

«Ma dai, ma ancora stai a crede' a...»

«E dai, mettila!»

«Ma mo te pare che nel ventesimo secolo, siamo andati sulla Luna, e stiamo ancora qui con queste favolette... la mano... la bugia... per favore, dai.»

«Embe', perché? Mettila, che ti costa?»

«A me niente, è solo un fatto di educazione, ma soprattutto di igiene, perché le mani in bocca non si mettono. Infatti, quante volte ce l'hanno detto i nostri genitori: "Nun te mette' le mani in bocca che te le mozzo!". Che, vai in giro a mettere le mani in bocca alla gente? Con tutte le infezioni che ci sono, con i virus: è latino e viene da *in virus veritas*, che vuol dire

"T'ho detto nun te mette' le mani in bocca, non te lo dico più!".»

«Ma guarda che ti sbagli, il fatto della mano era se dici una bugia...»

«No, con una bugia non ti si accorcia la mano, ti si allunga il naso! Comunque adesso andiamocene!»

Dalla Bocca della Verità imboccammo il lungotevere.

«Quello che vedi sulla sinistra, Diana, è il palazzo di Giustizia, che noi romani chiamiamo "palazzaccio" proprio a indicare la nostra profonda e radicata fiducia nelle istituzioni, oltre al fatto che è talmente brutto che l'architetto che lo progettò alla fine dei lavori fu giustiziato. Ma non è questo che ti voglio far vedere. È questo... Pazienta un attimo... chiudi gli occhi...»

«Ancora?»

«Un attimo solo, dai. Ecco, adesso apri: Castel Sant'Angelo! Che poi non è un vero e proprio castello. All'inizio si chiamava Mole Adriana perché praticamente è il loculo dell'imperatore Adriano.»

«All'anima der loculo. È gigantesco.»

«Eh, lo so, perché Adriano è stato un grande imperatore, c'aveva la Mole, allora l'antichi se cominciavano a preoccupa'. "Ma questo, co' sta Mole, se more 'ndo' lo mettemo? La Mole è bella e va bene, si sa, l'aMole è una cosa melavigliosa, pelò..." e fu così che gli architetti architettarono la Mole Adriana, una vera e propria tomba. Quando finirono i lavori, Adriano disse: "Bella 'sta tomba. Pe' chi è?".

«L'architetti erano imbarazzati, non sapevano dove guardare, nessuno aveva il coraggio di dire che la tomba era per lui, anche se già glielo avevano ripetuto spesso: "Adriano, ricordati che devi morire!". Perché lui, l'imperatore, di suo, aveva problemi con la memoria, era scordarello, perciò gli scrivevano le cose. Dei promemoria, difatti, sono stati ritrovati in mezzo a un libro, *Le promemorie di Adriano*, c'hanno fatto pure un film, me pare. Comunque, quando Adriano si ricordò che la tomba era per lui disse: "Ragazzi, sapete che nova c'è? Io la Villa Adriana fori Roma me la so' comprata, i fiji so' sistemati, il fornetto l'ho pagato, la vita mia l'ho fatta, adesso posso pure mori'". E morse... morette... defunse, amen.

«Lo seppellirono dentro la Mole. Senonché, ai parenti 'sta tomba je costava un occhio della testa. Solo per illuminarla dodicimila lumini la settimana, diciottomila ceri, moccolotti*, e poi... per una tomba così grossa, che fotografia ci dovevi mette'? Non te dico poi le tonnellate de fiori, perché davanti a una tomba normale, co' dieci sacchi de crisantemi presi al semaforo te la cavi e fai pure la figura tua, ma co' una tomba de 'sta portata te servono, minimo, du piotte* de fiori... che figura ci fai sennò co' la gente? Allora i parenti di Adriano fecero domanda al Comune per spostarlo in una tomba più piccola per risparmia' qualcosina, di quelle che con du' scudi* di fiori pare chissà che hai portato. Così dal giorno in cui il Comune accettò la domanda, la Mole cambiò destinazione d'uso: diventò un castello fortificato, tipo una prigione. Sicura, forte e inespugnabile. Non c'entravi neanche con le spugne, perché attorno c'è il fossato, che all'epoca era tutto riempito d'acqua e dentro sai che c'hanno messo?»

«I coccodrilli?»

«Peggio: le pantegane addestrate che con un morso te staccavano un dito, ti beccavi la peste e la lettospirosi, du' giorni a letto, poi spiravi. Siccome era sicuro, i papi si riunirono, fecero un conciliabolo e decisero di costruire un passaggio segreto chiamato "il passetto" che da San Pietro portava a Castel Sant'Angelo. Quando c'era un pericolo, i pontefici scappavano sul passetto, ma a passetto spedito, e si rifugiavano nel Castello.

«Quindi, era diventato un carcere, ma un carcere duro, mica quelli de mo, che c'hai la televisione, nooo. Lì non c'erano svaghi, a parte ogni tanto l'opera, la *Tosca*, per esempio, l'hanno girata là.»

«Tosca? E chi era?»

«Come chi era? Lo sanno tutti: Floria Tosca, la cantante lirica innamorata di Mario Cavaradossi che era un pittore. Il reggente dell'alta polizia papale, Scarpia, lo fece imprigionare perché giacobino, ma anche perché pure lui era innammorato di Tosca. Allora Scarpia invitò Tosca nel suo ufficio, la fece sedere su un divanetto e le offrì una fetta di pan di spagna fatto in casa da sua madre e appena sfornato, ma mangiare pan di spagna senza bere è un problema. Al che Tosca gli disse: "Guardi, lei è gentile, ma senza qualche cosa da bevere, il pan di spagna rischia che mi si intorza*". Allora Scarpia le offrì anche un goccio di vin di Spagna che col pan di spagna è la morte sua, di Scarpia. Ora che successe?»

«E che ne so?»

«Che 'sto vino era talmente forte che co' neanche mezzo litro Tosca s'incocciò*. E, pensa, lei che nella sua esistenza aveva sempre vissuto d'arte, "vissi d'arte vissi d'amore", in preda ai fumi dell'alcol perse i freni inibitori.»

«Cioè?»

«Cioè non le funzionarono i freni. Scarpia, il capo della guardia papale, glielo disse papale papale: "Spogliati, fammi dare un'occhiata a 'sti freni! Che, se tutto va come dico io, il tuo Cavaradossi te lo libero". Capirai, lei 'mbriaca già ce stava ma, appena sentì quelle viscide parole, impugnò il coltello che stava appoggiato sul tavolo, ancora con le molliche di pan di spagna appiccicate, e gli diede una baiaffata* nella schiena con tanta forza che la lama oltrepassò la cassa toracica, sfondò la pleura e gli squarciò un rene sano sano. Cioè, prima, era sano sano.»

«Ammazza, che schifo!»

«Appena si accorse di tutte queste cose, Scarpia morì. Tosca, col coltello sporco di sangue e pan di spagna, corse dal suo fidanzato che proprio in quel momento stava per essere fucilato, però per finta, coi proiettili per davvero. Capirai, quando Cavaradossi s'accorse che i proiettili erano per davvero, morì. Scarpia era morto, Cavaradossi era morto, Tosca andò verso i bastioni di Castel Sant'Angelo e si gettò gridando: "Non c'è due senza tre". E l'opera finisce.»

«'Na strage! Che brutta storia.»

«Eh, ma queste opere le facevano a fini educativi, a fin di bene, erano opere di bene. E anche per far divagare i carcerati, perché la verità era che Castel Sant'Angelo era meglio vederla da fuori che da dentro. C'hanno fatto cose turpi, indegne, incivili, perché era un carcere politico. Perché un tempo, i politici, li mettevano in carcere, pensa che incivili! Qua c'hanno imprigionato, torturato e ammazzato senza pietà centinaia di migliaia di persone nemiche dello Stato Pontificio. Era tipo Regina Coeli, solo che i prigionieri stavano un po' più larghi.»

«Sarà stato un posto tremendo ma, ammappelo*, è proprio bello 'sto castello!»

«Eh, sì, mi credi? Io quando passo di qui non posso evitare di pensare: "Ma che bel Castello...".»

«Marcondirondirondello?»

«Fai finta che non t'ho detto niente!»

DEL PERCHÉ LE TOMBE SONO IMPORTANTI MA ANCHE I TOMBINI

Ovvero

QUANDO IL COCOMERO È UN TASSELLO IMPORTANTE

«Eccoci qua, questa è la famigerata piazza Navona, conosciuta in tutto il mondo. Se non hai visto piazza Navona almeno una volta nella vita, non hai visto niente. Infatti ogni volta che la vedo mi prende una sensazione di gioia soffusa mista a nostalgia, quasi un malessere, infatti mi dico: "Ma che è? Oddio, c'avrò qualche linea di febbre". C'ho messo anni per capire che cosa fosse. Sono i ricordi della Befana.»

«Befana?»

«Sì, perché nel periodo natalizio a piazza Navona c'è una fiera, con le giostre, i giocattoli, le statuine per il presepe, la carta marmorizzata per fare le montagne e la grotta, le callarroste*, le calze della Befana con dentro cenere e carbone. Ma soprattutto è a piazza Navona che la notte del 5 gennaio tutti i bambini di Roma aspettano la Befana. Oggi io sono grande, non ci credo più alla Vecchia con la scopa. Ma dai, chi può credere alla mia età che la Befana porta i regali ai bambini? Lo sanno tutti che li porta Babbo Natale, con la slitta trainata dalle strenne. È un fatto logistico, no?! Di capienza. Ma come può fare la Befana con la scopa? I regali dove li mette? Comunque, bando alla ciancere*. Lo vuoi un gelato? In saccoccia* c'ho ancora un po' di soldi dei tedeschi.»

«Sì, un bel gelato alla frutta, con tanta panna!»

«Vedi, è destino, Diana, io e te abbiamo gli stessi gusti.»

Mangiammo con voluttà i due coni alla frutta. Diana era più attenta a non farsi colare il gelato che alla bellissima fontana dei quattro fiumi.

«Ti piace? È del Bernini, e quelli sono quattro uomini che rappresentano i fiumi più importanti al mondo: il Nilo, il Danubio, il Gange e il Rio de la Plata.»

«E il Tevere?»

«Il Tevere si sa che non è così importante, è solo "biondo". Ecco, come dicevo, questi quattro fiumi sarebbero i quattro angoli della Terra, che poi, se uno ci pensa, è proprio strano dato che la Terra è rotonda e l'angoli non ce l'ha. Oh, quella chiesa di fronte alla fontana, che sta proprio a uno sputo*, l'ha fatta uno che faceva le chiese, tale Borromini e, siccome Bernini e Borromini erano architetti, fra loro nun se potevano vede' manco pittati*. Il Bernini dopo aver visto la chiesa che secondo lui faceva schifo, modificò la fontana per dichiarare a tutto il mondo quel che pensava di quell'edificio. Scolpì una statua che, rivolta verso la chiesa, si riparava dall'orrenda visione. Qui però te parlo addirittura der Barocco. A proposito di Barocco, le vuoi due callaroste?»

«No, che me rovino l'appetito e poi nun ceno.»

«Brava, così risparmiamo. Che te stavo a di', ché ho perso il filo?»

«Della piazza.»

«Ah, sì, da come m'ha detto mi' zio, che lavora al porto de Fiumicino, qua una volta ce facevano le naumachie.»

«E che sono?»

«So' le battaglie navali.»

«Tipo... "B 4" "Colpito!", "F 40" "Liscio!", "P 2" "Colpito", "T 9" "Affondato"?»

«No no, erano battaglie vere e proprie, con le navi di legno, mica di carta. Siccome Roma era piena di platani, in autunno, cascavano le foglie morte.»

«Certo, quando erano morte, cadevano...»

«Macché, poracce*! Morivano proprio quando sbattevano per terra. È come se, in proporzione, un uomo cascasse dal quindicesimo piano. Fatto sta che, tra le foglie e la monnezza*, si otturavano i tombini. Ahò, come faceva du' gocce d'acqua, apriti cielo!, s'allagava la piazza. E più il cielo si apriva, più la piazza s'allagava. Allora tutti chiamavano i vigili del fuoco dell'epoca e quelli, giustamente, rispondevano: "Chiamate i vigili dell'acqua, noi semo del fuoco, che c'entramo?". E l'acqua saliva, saliva.

«Allora chiamavano quelli dell'acqua e quelli dicevano: "Scusate ma è acqua de fiume de mare o de lago?". "Be', de piazza."

«"Allora ci dispiace ma non è competenza nostra, chiamate la Protezione civile." E l'acqua saliva, saliva.

«“Protezione civile, accorrete, c’è tutta la piazza allagata.” “Sì, ma com’è successo?” “È che qua è uno schifo, se so’ attappati i tombini, nessuno si preoccupa de leva’ le foglie, ce buttano qualsiasi zozzeria... il fatto è che la gente è incivile!” “Allora ci dispiace, noi siamo della Protezione civile, gli incivili non li proteggiamo. Arrangiateve.”

«E l’acqua saliva, saliva. Era tutta saliva. L’imperatore Domiziano vide la piazza piena di saliva e disse: “Che bella piazza! Così allagata me pare Venezia! Però aspettiamo che s’allaga fino al terzo piano così facciamo un bel laghetto di pesca sportiva, per il circolo senatori”. Poi, come fanno tutti i capi di Stato che si rispettino, si fece un giro tra le popolazioni alluvionate e chiese: “O voi, gente del popolo, com’è successo?”.

«“E niente, signor Domiziano imperatore, stavamo qui co’ l’amichi a fasse una fujetta* fra il lusco e il brusco e le fronne al fresco, com’è come non è se mise a piove’, che sarvate cielo!”

«“Non vi preoccupate, popolazioni alluvionate, ché qui ci apriremo un bel laghetto di pesca sportiva e nel frattempo che costruiamo il circolo, qui dentro ci faremo le battaglie navali!"

«E così fecero. Solo che dopo un po' quelli che abitavano al primo, secondo e terzo piano protestarono con l'imperatore per via delle infiltrazioni d'acqua. Così Domiziano, con la saggezza degli antichi imperatori e con i soldi dello Stato, diede una pensione più l'accompagno a tutti quelli che si lamentavano per l'artrosi reumatoide e un buono per farsi i bagni di fango a Tivoli, escluso l'accompagnatore, perché a Domiziano non lo fregavi. Ora però andiamo via, ché sennò si fa tardi. Passiamo per piazza del Popolo, così tagliamo.»

Salimmo sul motorino. Una cosa che mi fece immenso piacere fu che Diana, mentre prima si stringeva a me solo quando cominciavo a prendere velocità, adesso, dopo tutto 'sto giro de Roma, si stringeva a me subito, a motore spento, e mi si abbrancicava con tutta la sua forza. Prendemmo via del Corso, le indicai di sfuggita la colonna di Traiano, a piazza Colonna appunto, e arrivammo in un battibaleno a piazza del Popolo. Fermai il mio veicolo a due ruote.

Diana era ormai posseduta da una singolare frenesia di sapere: «Da dove viene quell'obelisco in mezzo alla piazza?».

«Quello in mezzo alle fontane? Pensa, quello è stato portato a Roma sotto l'imperatore Augusto. È alto ventiquattro metri... sopra il livello dell'acqua. È stato costruito dall'imperatore d'Egitto...»

«Imperatore?»

«No, scusa. Che imperatore e imperatore d'Egitto?! Dal coso... dal faraone Ramesse II, nel 1200 a.C.. Poi, come t'ho già detto, Augusto andiede in Egitto, vide 'st'obelisco e disse: "Ammazza quant'è bello! Me lo date con le bone?". Il faraone rispose secco: "No!", e siccome Augusto era fumantino, disse: "Allora me lo piglio con le cattive!". Se lo prese e lo portò a Roma. Adesso il giorno preciso non me lo ricordo, mi parc chc sia stato un mcrcolcdi.»

«Quante cose sai» mi disse Diana sinceramente colpita. «Ma allora nun è vero che non studi! Dimme la verità, tutta 'sta nomea de scansa libri, è 'na posa, pe' fa' il fico?»

«Be', sai Diana... io sono del parere che uno deve studia' quel tanto che basta e poi basta.

Perché ricordate che nella vita l'omo più sa e più vale. Ma, se sa troppo, dà fastidio e rischia de fa' 'na brutta fine. Sai quanta gente è stata ammazzata qua perché sapeva troppo?!»

«Davero?!»

«Fatti servire. Se tu te giri, là, proprio in quell'angolo, fino a nemmanco due secoli fa, lì c'era la ghigliottina, l'unico vero regalo che ci hanno lasciato i francesi. Boni quelli... agli americani gli hanno regalato la Statua della Libertà e a noi la ghigliottina! Be', lì un signore che faceva il boia e se chiamava Mastro Titta, al secolo Giovanni Battista Bugatti, tagliava le capocce a chi sapeva troppo o troppo poco. Al suo attivo ebbe cinquecentosedici pubbliche esecuzioni capitali tra ghigliottina, scure e impiccagioni, e questa piazza ha visto tutti e cinquecentosedici i condannati, anzi i mor'ammazzati.»

«Oddio, annamo via da qua, che 'sti racconti a me fanno paura!»

«A me me mettono una fame! Bella de casa, adesso ti porto a mangiare una cosa.»

Quel giorno con Diana avevo imparato, senza volerlo, la gratitudine. Io ero grato a quella ragazzina bruttarella, mia compagna di scuola, con cui avevo fatto quella maratona di storia di Roma, che allora consideravo, a torto, una punizione non meritata: più di otto ore di lezione con la secchiona che, senza pietà, mi ripeteva e mi faceva ripetere le cose fino alla nausea.

Alla fine, per timore che alcuni «passaggi» non mi fossero entrati in testa, mi aveva prestato anche quell'apparecchio infernale in cui aveva registrato le lezioni. Massacrante full immersion subliminale. Lo avevo acceso e lui, per tutta la notte, mi aveva ripetuto le stesse cose. E pensare che avevo fatto tutto questo proprio per non dare un'altra delusione scolastica a mia madre...

Io adesso per carità non voglio abiurare il mio passato di scansafatiche scolastico. Lungi da me rinnegare anni e anni di «impreparato», «non classificato», seghe a scuola con gli amici e gite «'ndo' te pare». Non sono un infame fino a questo punto. Però non posso negare che sapere le cose, anche alla bell'è meglio come le sapevo io, possa dare soddisfazione.

Qualcosa era cambiato. Dopo le mie performance ciceronesche, vedevo nello sguardo di Diana una sincera ammirazione. Mi facevo i complimenti da solo. Mi davo delle grandi pacche sulle spalle e delle energiche strette di mano. Io l'avevo affascinata, io l'avevo stregata, io l'avevo! Era mia!

Quella sera andando verso il Colosseo eravamo in tre sul mio motorino cinquanta cavalli: io, Diana... e il mio Ego! Meno male che non c'hanno fermato i vigili.

Ero felice, e facendo lo slalom fra macchine e autobus, la buttai lì: «Diana, che ne dici di festeggiare il nostro primo giorno di fidanzamento?».

«Non ti sembra di correre un po' troppo?»

«Co' tutto 'sto traffico?'N'artro po' fanno prima quelli a piedi...»

«Non fare lo gnorri, sai che non mi riferivo alla velocità del motorino.»

«Lo so benissimo; stavo a scherza'. Ma perché? Non stiamo bene insieme?»

«Mo che c'entra il fatto di stare bene insieme o non stare bene insieme? Mica la pòi fa' così semplice.»

«E che male c'è a farla semplice? Io con te sto bene. Tu stai bene con me?»

«Scusa ma che domande fai? Se sto qua co'

te, senza pensa' che mi' padre quando torno a casa mi potrebbe gonfia' come 'na zampogna*...»

«Ma perché? Tu' padre mena?»

«Mena? Certi sganassoni*, leccamuffi*, tortorate*, cinquine, ormai c'ho fatto er callo. Quello che te volevo di' è che, se sto qua, qualcosa significherà, no?»

«E che significa?»

«Lo vedi come sei? Io t'ho capito a te. Tu sei il classico tipo che dici una cosa ma in realtà ne vòi di' un'altra.»

«Io?»

«Sì, tu. Tu, con questo modo di fare, mi fai pensare che in realtà, dicendo quello che hai detto, non vuoi sapere da me che cosa davvero significa, per quello che realmente significa per me, ma per quello che, dal tuo punto di vista, significa per te. Capito?»

«Be', in effetti... no.»

«E come te lo posso spiegare?»

«Meglio.»

«Cioè, tu fai i conti con la tua realtà, no?»

«Sì.»

«E io, per forza di cose, devo farli con la mia, mi segui?»

«Sì.»

«Se tu, invece, fai accadere i tuoi desideri nella realtà della tua immaginazione, prima ancora che accadano nella realtà della vita... che però non è soltanto la tua... in questo caso è anche la mia, perché ognuno c'ha la sua... per esempio io c'ho la mia realtà con cui devo fare i conti? Però se, mentre io sto a fa' i conti, vieni tu e mi parli della tua realtà... io mi distraggo, i conti non tornano e devo ricomincia' tutto da capo. Capito?»

«Be', capito è una parola grossa. Ma noi siamo fidanzati sì o no?»

«Diciamo... Quasi.»

«Che significa quasi?»

«Significa che io, con te, sento che mi ci trovo bene.»

«Quindi?»

«Quindi sarei una bugiarda se dicessi che oggi non sono stata bene con te. Anzi la vòi sape' tutta? Io sono stata meglio con te che con Flavio, Tullio, Lucio, Marco e Antonio.»

«Ma chi so'? Imperatori romani?»

«No, sono i miei ex... Vabbe', ma quello è il passato... morto e sepolto!»

«Diana, ricordati che il passato non muore mai.»

«Che, sei retrogeloso? Vedi, Enrico, io sento che potremmo stare bene insieme. Ed è una sensazione bellissima. Ma prima di darti una risposta precisa, e qui cerca di capirmi, prima di sbilanciarmi dico, io voglio essere sicura che non sia solo una bella sensazione e basta.»

«Ho capito. E allora senti, se te va bene così, Diana, vogliamo andare a festeggiare il fatto che oggi siamo stati bene insieme, con una bella cena?»

«Lo vedi che cominci a capirmi? Conosco un ristorantino ai Parioli, che gestisce il ragazzo de 'n'amica mia, che stava in fissa* pe' me, che è un po' caro ma...»

«Un po' quanto?»

«Ma neanche tanto. Penso sulle sessanta, settanta, massimo ottantamila lire.»

«Ammazza ottantamila lire in due è un po' tanto.»

«No, macché in due, ottantamila lire per uno. Allora, carne o pesce?»

«Pizza?»

«Perché? Non ti piace la carne? A me una bella bistecca di manzo non mi dispiacerebbe.»

«Pure a me non mi dispiacerebbe... solo che vabbe', non te ne ho mai parlato, ma io ho un problema di sensibilità alla carne.»

«Sensibilità?»

«Sì, sensibilità. Non mi vergogno a dirlo. Io a sapere che tu uomo uccidi un visone solo per prendergli la pelliccia...»

«Ma che c'entra? Il manzo mica c'ha la pelliccia. Vabbe' ho capito. Ci buttiamo sul pesce?»

«Il pesce? Con quello che costa?»

«Ma guarda che ci fanno lo sconto!»

«Vedi, Diana, tu ancora non mi conosci a fondo, ma quando io parlavo di costo, non mi riferivo di certo ai soldi. Mi riferivo al costo in termini ecologici. Lo sai che ogni anno, con le reti a strascico, fanno una strage? Senza parlare dell'inquinamento dei fondali. Ma lo sai che il pesce è pieno di mercurio?»

«Mercurio?»

«Certo! Con questo inquinamento, il pesce ha talmente tanto mercurio che i pescatori giapponesi, quando stanno in alto mare e si sentono un po' di febbre, prendono un merluzzo ancora vivo, gli danno una sgrullata e se lo mettono sotto l'ascella per cinque minuti, poi lo tolgono... se è diventato più scuro significa che hai la febbre, se è più chiaro significa che nun ce l'hai. Se invece il merluzzo è morto...»

«Che significa?»

«Che se devono lava' le ascelle! Senti, Diana, perché invece non facciamo una cosa più ecologica? Andiamo a mangiare una bella pizza vicino al Colosseo? Così mentre ceniamo ti posso illustrare gli antichi splendori dell'anfiteatro Flavio.»

«Ma andiamo al Colosseo o all'anfiteatro Flavio?»

«Be', in latino è l'anfiteatro Flavio. Per gli amici è il Colosseo.»

Finalmente arrivammo.

Ci sedemmo ai tavolini all'aperto della pizzeria *Da Ciro Esposito*. Vera pizza romana. Certo, il nome non mi dava molta fiducia sulla provenienza della pizza, in compenso da lì si godeva una magnifica vista del più famoso anfiteatro del mondo.

«Fa un freschetto, s'è alzata una gianna*...»

«Non sia mai che la mia bella deve soffrire il freddo!»

Mi tolsi la giacca e la poggiai sulle sue spalle lisce, lasciando scoperta l'orribile ma funzionale cravatta, messa a toppa dei due bottoni della camicia che non si chiudevano. Ma per amore si fa questo e altro.

«Che carino che sei, grazie!»

Il cameriere, com'è d'uso, si precipitò a prendere la comanda delle bibite.

«Da bere?»

«Per me una birra media. Tu Diana?»

«No. La birra mi gonfia. Vorrei una bottiglia di acqua minerale mezza gassata e mezza no.»

In un attimo ci portò da bere. Sorseggiai la birra guardando quel meraviglioso edificio dell'antica Roma.

«Pensa, Diana, visto da qui magari ti sembrerà piccolo, ma sai quanta gente poteva contenere? Cinquantamila spettatori, per la questura non più di quindicimila.»

«Certo che è proprio vero,» disse Diana «uno le cose più ce l'ha davanti agli occhi e meno le vede.»

«Brava. A mio padre capita spesso con gli

occhiali da vista... li cerca... e poi si accorge che ce l'ha sul naso.»

«Intendevo dì del Colosseo, no. Sai quante volte ci sarò passata da qua col tranve. Ché tu lo guardi de sfuggita ed è come se dicessi vabbe' sta là... se non lo guardo adesso lo guarderò in seguito... invece quando c'è una cosa bella uno la deve guardare. Giusto?»

«Giustissimo.» La guardai negli occhi e continuai a guardare. «Ma a volte si deve pure toccare, no?!» Allora mi sporsi verso di lei, che fece altrettanto e ci baciammo.

Nel frattempo ritornò il cameriere. Tossì come per dire: "Scusate, ma sto qua. Se vi staccate un attimo prendo le ordinazioni...". Ci staccammo.

«Lei, signorina, cosa prende?»

«Dunque, io vorrei una capricciosa. Però le chiedo una cortesia: potrebbe togliere il grasso del prosciutto... anzi tolga tutto il prosciutto, non mi fido dei polifosfati... e poi sto un po' a dieta. Anzi tolga pure le uova, i funghi e i carciofini e tutta la mozzarella... Faccia una cosa, la capricciosa me la porti solo col pomodoro. Ma pochissimo.»

Poi il cameriere si rivolse a me.

«E lei?»

«Io una pizza bianca semplice... e sopra me ce mette tutte le cose che ha tolto dalla capricciosa della signorina. Grazie.»

«Certo che visto da vicino 'sto Colosseo è proprio gigantesco» disse Diana.

«Pensa, qua prima de costrui' er Colosseo, Vespasiano della famiglia dei Flavi ci fece fare i bagni. Lui era fissato, Vespasiano, co' 'sti bagni, siccome che soffriva de prostata, gli scappava sempre la pipì e ogni due minuti diceva: "C'è un bagno?".»

Il cameriere, dietro di me con le pizze in mano, mi rispose: «Entrando è in fondo a destra. Lo riconosce perché sulla porta c'è scritto "bagno"».

«No, mi scusi, ma stavo parlando con la signorina... le stavo spiegando una cosa di Vespasiano, l'imperatore dei bagni.»

«Boh, so' fatti vostri. A me che me frega?» Appoggiò le pizze fumanti sul tavolo e se ne andò.

«Ammazza, di classe il cameriere, eh?»

In religioso silenzio mi tuffai nella mia pizza semplice-capricciosa.

«Allora? Continua. 'St'imperatore c'aveva la prostata, e gli scappava ogni due minuti e dopo?»

«E dopo... se la teneva... dato che era un po' timido, se vergognava. Non gli andava de falla all'aria aperta, così 'ndo' capita. Anche perché era pur sempre un imperatore, aveva un suo decoro... allora andava in giro con una squadra de muratori che alla prima avvisaglia, appena vedevano Vespasiano che si intorcinava le gambe come per trattenessela... "A rega', annamo". Tutta la squadra partiva, ognuno cor compito suo e in un attimo: paffete! Il vespasiano era pronto. Lui entrava e la faceva. Poi usciva e cominciava a critica' il bagno, tipo, come te posso dì? "Le maioliche non so incollate bene... La porta si chiude male... l'impugnatura della catena dello sciacquone la voglio anatomica." Insomma, ce trovava sempre un difetto.

«Pensa, una volta andò a fare una scampagnata imperiale fuori Roma, a un certo punto doveva farla, si capiva da come sgrullava la mano destra. Si rivolse alla sua squadra di muratori e col tono classico da imperatore disse "Oooh fate subito un bagno che ce l'ho proprio 'npizzo 'npizzo*."

«Evidentemente quel giorno gli girava male. Appena costruito il primo bagno, Vespasiano disse: "No, questo non mi piace. Fatene un altro, ma sbrigatevi". In fretta e furia gli costruirono un altro bagno. E lui: "Non mi piace neanche questo". Insomma, lo storico Plinio il Vecchio racconta che per un motivo o per l'altro, di bagni, Vespasiano quel giorno gliene fece costruire sette. E da quel giorno, quella zona si chiamò Settebagni.»

Diana, mentre io raccontavo di Vespasiano, aveva piegato in quattro la sua pizza e l'aveva mangiata in sol boccone. Asciugandosi le labbra col tovagliolo di carta, mi chiese:

«La tua pizza com'è, buona?».

«Guarda, l'ho appena toccata non è male...»

«Posso prenderne un pezzettino per assaggiare?»

«Ma certo, che facciamo i complimenti?»

Diana con un gran sorriso fece scivolare la mia pizza nel suo piatto.

«Grazie, che carino che sei.»

«Non preoccuparti. Anzi, sai che faccio? Io quasi quasi me ne prendo un'altra.»

«Ammazza ti mangi due pizze? Che mangione che sei. Allora?»

«Allora che?»

«Vespasiano. Eravamo rimasti a Settebagni.»

«Ah già, Vespasiano. Dunque, Vespasiano...»

Il cameriere domandò: «Lo prendete un amaro?».

Rinunciai all'idea della «seconda» pizza. Eravamo all'amaro. A dire la verità, le pizze romane di Ciro Esposito non erano un granché. D'accordo con Diana, per levarci quel sapore di mozzarella scamuffa* dalla bocca, prendemmo l'amaro.

«Che amari avete?»

Il cameriere guardò Diana e con un moto di orgoglio disse: «Modestamente abbiamo l'amaro Ciro: Ciroamaro. È fatto in casa. Assaggi e mi dica se non si sente il sapore di casa».

Assaggiai.

«Ha ragione, è fatto in casa.»

"In casa di uno che non lo sapeva fare" avrei voluto dire, ma non mi andava di fare critiche. Chiesi il conto.

Diana insistette per fare alla romana* ma io rifiutai categoricamente.

«Pago io.»

Incrociammo i bicchieri e trincammo*. Pagai un conto salato. Mi alzai da quel tavolo con l'amaro in bocca. Feci tre metri e lo sputai nei vasi davanti al ristorante.

«Ammazza che schifezza 'st'amaro.»

«Meno male che il cameriere c'ha detto che era fatto in casa. Quanto sarà alto?»

«Il cameriere?»

«Nooo, parlo del Colosseo, stupido.»

«Ah, be' dunque, il Colosseo; intanto cominciamo col dire che è tutto fatto a mano. E ci volsero otto anni e due imperatori a finirlo. È alto quarantotto metri, centimetro più centimetro meno, diciamo che questo edificio non è proprio rotondo, esso forma un'eclisse di cinquecentoventisette metri di circonferenza. Nell'arena ci facevano gli spettacoli tra gladiatori e tante volte usavano anche animali feroci.

«Il popolo se divertiva da pazzi. C'era una cagnara infernale. Tant'è che la gente che abitava intorno al Colosseo non riusciva a dormire e ci furono molti esposti al Comune per disturbo della quiete pubblica. Pensa che l'imperatore Commodo voleva mettere gli infissi coi doppi vetri.»

«Ma tu hai digerito la pizza?»

«La pizza sì, anche perché ne ho mangiato solo un mozzico, è quell'amaro che m'ha lasciato un sapore de gatto morto. A Dia'... lo sai che ce vorrebbe per rifasse la bocca?! 'Na bella fetta de cocomero. Ti porto in un posto qua vicino dove c'è il miglior cocomero de tutta Roma. Vieni, seguimi.»

E ci incamminammo verso quel cocomeraro*. In poco più di un chilometro le feci una piccola lezione sul cocomero, perché io di cocomeri, non faccio per vantarmi, ne ho mangiati tanti.

Sfoggiavo il mio sapere sul cocomero: «Vedi, Diana, la prima cosa da fare per sapere se un cocomero è buono, è il tassello. Si fa un'incisione sulla coccia* e se ne estrae un pezzo e lì non ti sbagli, o è buono o è cocuzza.»

Insomma, diciamo che il mio sapere lo sciorinavo... perché poi il cocomero l'effetto di sciorinare lo fa!

«Il cocomero, come tu sai, è un frutto di mare...»

«Ma che stai a di'?»

«È un frutto di mare ti dico. Se tu d'estate vai al mare che fai? Non te lo porti il cocomero? Anzi, da ragazzino io credevo che i cocomeri nascessero proprio lì, al mare, sulla spiaggia di Ostia, dove ognuno metteva il cocomero al fresco sul bagnasciuga. Ce ne stavano a migliaia, chilometri e chilometri di cocomeri rinfrescati dalle onde. In famiglia mia, zio Sandro era l'addetto al cocomero. Appena arrivati in spiaggia, la prima cosa che diceva era: "Vado a mette al fresco il cocomero!". Si portava l'attrezzatura da casa, c'aveva la pala, il piccone e il male e peggio. Per paura che il mare con la risacca se lo portasse via, Zio Sandro scavava delle buche enormi, tant'è che i passanti dicevano: "Ma che stanno a fa, un centro commerciale sulla spiaggia?".

«Noi nipotini, a zio, gli davamo pure una mano nello scavo, infatti non giocavamo mica con la paletta e il secchiello, nooo! Noi giocavamo con la betoniera vera, con la molazza, con la sabbia e col cemento: tale era il timore che il mare portasse via il cocomero, che zio ci faceva una gettatina tutto intorno. Ma era inutile, perché vedi, dolce Diana, il mare... dici-dici, fai-fai, quando che ci si mette... fa le pentole e i coperchi, e le cocce sono sue, infatti il mare è pieno di cocce de cocomero...

«Fatto sta che a una certa ora, la corrente sistematicamente se portava via il cocomero. Ma non era poi una tragedia, perché ogni cocomero veniva trasportato dalla corrente nella buca successiva. E quando andavi a prendere il cocomero tuo, ce trovavi quello del vicino. Praticamente ognuno mangiava il cocomero della famiglia che gli stava a fianco.

«Alcuni addirittura dicevano: "Prendiamolo bello grosso ché vicino a noi c'è 'na comitiva de dieci-dodici persone, altrimenti nun je basta!"

Arrivammo davanti al chiosco del cocomeraro.

«Questo chiosco che tu vedi non è un chiosco normale, è un bravissimo architetto che lo ha disegnato, il Bramante, questo è il famoso chiosco del Bramante.»

«Il chiosco? Il chiostro!»

«No, l'inchiostro non lo usava, disegnava a matita così se sbagliava poteva scancellare. Due fette di cocomero fresco, please!»

Mangiando le fette di cocomero, Diana e io salimmo la scalinata del Campidoglio, la municipalità, la sede del Comune di Roma.

La piazza del Campidoglio è un luogo meraviglioso, edifici maestosi, musei, colonne e la statua dell'imperatore sul suo cavallo, che campeggia al centro della piazza: Marc'Aurelio. Che poi è l'unico che c'ha il permesso di campeggia' al centro, perché tutti l'altri devono campeggia' fuori Roma, proprio per legge. In quel frangente mi venne in mente che potevo approfittare del luogo per mettere all'angolo Diana.

«Questo è il Campidoglio, Diana. È un posto molto romantico.»

«Sì, certo, dev'esse' proprio romantico veni' al Comune a fasse la carta d'identità.»

«Be'... sai, al Comune non si fanno solo carte d'identità...»

«E che altro si fa?»

«Non ci arrivi da sola?»

«La domanda di disoccupazione?»

«No! Sai le giovani coppie, che hanno voglia di costruire...»

«Ah! Le domande per i condoni?»

«Diana, guardami negli occhi. Al Comune ci si può anche sposa'.»

«Ah!»

«Mo noi, senza arriva' a questa esagerazione, però... ti volevo chiedere se alle volte – per carità guarda che io lo so, l'ho capita la lezione che non posso veni' a famme fa' i conti da te perché se no tu sbagli i tuoi e devi ricomincia' – però per esempio, metti, se tu adesso me domandassi a bruciapelo: "Te vòi fidanza' con me?", io, con tutto il pelo bruciato, te direi de sì. Tu? Che me diresti?»

«Non lo so, so' indecisa... mi ci pòi far pensare 'n'artro po'?»

«Eh, ho capito, Diana mia, ma qui a forza di pensare è finito il libro. Ancora due pagine e poi te saluto e sono*. Se devi prendere una decisione prendila subito sennò pe' aspetta' che te decidi mi tocca scriverne 'n'artro.»

«E scrivilo! Che vuoi? Lo vedi come sei? Allora c'ho ragione io quando dico che t'ho capito a te. Ma che vuoi da me? Cerca di capirmi. Questi non sono fiaschi che s'abbottano... ci vuole il tempo suo.»

«Ho capito, però sono 87 pagine che mi stai a fa' stira' il collo... te devi decidere.

«Dai, Diana, fallo anche per i nostri lettori. Non ci pensi che hanno letto e mo vogliono sape' come va a fini'? E che, non je vogliamo dare il lieto fine? Mettiti anche nei panni dell'editore, che edita un libro che finisce male... che figura ci facciamo? Anche in vista di un secondo libro, la gente dirà: «No, non lo compriamo, quell'altro finiva male. M'ha fregato una volta, non mi frega più!».

«Lì che c'è? Che so' quei ruderi?»

«Che fai la gnorri?! E va bene... quelli sono i Fori imperiali... ti spiego solo un'altra mezza pagina, poi devo chiudere!»

«Perché si chiamano Fori?»

«Perché stanno de Fori. Infatti se so' rovinati. All'epoca li volevano costrui' dentro, ma un architetto furbo disse: «Costruimoli de fora, così se rovinano prima, e un domani c'avemo l'indotto del turismo».

«Con te non si sa mai se dici sul serio o no. Poi dice "pija una decisione". Sai, non è facile dire "sì", fidanzarsi per me è una cosa seria, io non sono una di quelle che...»

Mentre Diana, affacciata sulla terrazza che dal Campidoglio dà sui Fori, partiva con le sue spiegazioni, fui distratto dal miagolio di un gatto. Nascosti fra le vestigia ce n'erano a centinaia, i gatti di Roma. Era un gatto rossiccio, un po' spelacchiato, miagolava, miagolava verso di me. Miagolava proprio a me. Lo guardai come a dire: "Che ce l'hai con me?" e lui mi fece un gesto come a rispondere: "Ce l'ho con te, sì". Poi mi miagolò: «Non essere prescioloso*, dammi retta, a far le cose di fretta succedono i guai. Io lo posso testimonia' perché la gatta presciolosa che fece li fiji ciechi era mi' zia. Cos'è sta fretta? Voi romani siete fatti strani: lasciate fa' al tempo le cose che ce servirebbe de fa' subito, e volete fa' subito le cose che ce abbisognerebbe del tempo. Certe cose, per farle bene, ce vole il tempo loro. Guardati intorno. Roma! Qucsta è tutta roba originalc, col marchio de fabbrica der tempo. Er passato non conosce fretta, qua si parla der tempo dei latini. Der padre, der nonno de tu' nonno, che so' esistiti da quanno esiste er monno. Caro mio, le origini, non sono bruscolini. Ma l'hai vista 'sta città? La vedi quant'è bella? E sai perché? Perché non c'hanno avuto fretta a costruilla. Pazienza, ce vo pazienza.»

«Sì!» L'affermazione di Diana mi riportò alla realtà.

«Come hai detto scusa?»

«Ho detto che tutto sommato... Sì!»

«Sì, che?»

«Come che? M'hai chiesto una cosa t'ho risposto.»

«Cioè?»

«Ma che sei scemo? M'hai fatto una capoccia così, col libro che finisce e i lettori e l'editore e "che figura ce faccio"... Mo caschi dalle nuvole?»

«Non capisco.»

«Domanda: "Vuoi essere la mia fidanzata?". Risposta: "Sì, lo voglio esserlo!"»

Mi gelai. L'idea che un «sì» così prematuro potesse compromettere l'eternità del mio amore per Diana mi angosciò. Buttai la coccia di cocomero giù di sotto, al gatto, presi sottobraccio Diana e scendendo la scalinata dissi... «Vedi Diana, tu sei troppo presciolosa. Lo sai un vecchio proverbio cosa dice? Dice: la gatta presciolosa fece i cosi... i fichi secchi. Le cose belle nascono col tempo loro. Guarda Roma! Ti piace?».

«Sì, è bellissima la Città Eterna.»

«Ecco, brava, eterna. Io voglio un amore che sia Eterno come Roma. Perché a Roma tutto rimane e rimarrà per sempre...

«Oddio, se so' fregati er motorino!»

LE ORIGINI

L'allegra fatica dello scrivere è quasi finita. E, se leggendo si impara, mi sa che si impara anche scrivendo. È vero che il passato ha bisogno di noi per esistere... ma è più vero che noi non saremmo mai esistiti senza di lui. Le pagine seguenti vogliono essere un modesto ringraziamento a tutto quello che c'è stato prima di me.

Le origini non sono bruscolini,
e 'n uomo de giudizio le rispetta,
sono il principio di tutti li destini.
Sono la fonte, quando è fonte certa.

È l'acqua tua che va contro corrente.
È un fiume affatato che ti porta,
in una clessidra di luce trasparente,
dalla sorgente, al mare de 'na vorta.

Il seme, lo zampillo, il pozzo e il secchio
sono il cammino dove tu cammini,
sono il bambino che diventa vecchio...
e i vecchi che ritornano bambini.

Le origini non sono bruscolini.
Sono il passato tuo che torna a casa
su antiche strade vicoli e sentieri:
non farlo diventa' tabula rasa!
Perché non c'è domani... senza ieri!

Che tu sia un genio oppure un incapace
devi sape' qual è la tua radice.

Se fosti un giorno pecora o rapace,
se un giorno fosti il quadro o la cornice.

Un'armonia che viene da lontano,
tenue legame che puoi intuire appena,
profondo accordo e misterioso arcano,
dolcissima e terribile catena.

Sono la vita che diventa storia.
Ricordo che elemosina memoria
i morti che si tengono per mano
per ricordarti che non son morti invano!

Porca pupazza* qua gli ho dato giù!
Quello è er poeta che c'ha 'sta malasorte;
er tema, quanno è grosso, spigne forte.
Giuro su Dio che non lo faccio più.

Ho fatto tutta quanta 'sta manfrina
un po' per divertimme a sciorinare in rima
e un po' pe' arriva' ar nocciolo in questione
di tutta questa grande riflessione.
E comunque

se ancora non l'ho fatto
adesso arrivo ar dunque.

Che bisogna ave' rispetto del passato.
Me pare un punto bello che assodato.
Rispetto sì... ma senza esaggera'.
Insomma non bisogna approfitta'.

Dico questo perché, specie er romano
che c'ha er passato nobile e glorioso,
ce mette poco a fasse pija' la mano.
e ave' 'n'atteggiamento da spocchioso.

Gli basta pensa' all'Urbe e alla sua storia
pe' ingrifasse de romanesca gloria,
guardando 'na colonna o 'n capitello
t'esce subito fori de cervello.

Glie basta osserva' un rudere, un reperto
con l'occhio acuto del docente esperto,
e invece de 'n orgoglio moderato
apre la bocca e tosto gli dà fiato.

«Io so' de Roma.»
Come pe' dì: «Non so se m'hai capito,
«Cesare se pò di' ch'era mi' zio,
«er Colosseo me l'ha lasciato nonno
«che assieme a Giulio ha conquistato er monno.
«E quanno è ar dunque, ringraziando Dio,
«'st'impero lo considero anche mio».
Come sofisma, non ce fa 'na piega
siccome è discendente... indi per cui
è come se avesse fatto tutto lui.

Le origini non sono bruscolini.
E l'omo de giudizio le rispetta.
Sono i ricordi che non hanno fretta.
Sono la vita... quella che non sai,
sono la vita che non finisce mai.
Nessuno vo svili' quello che sei.
Ma manco pòi scorda' quello che fu.
Perché è di più di quello che sarai.
Tu sei di più di quello che tu credi.
E questo più è quello che più hai.
Tu sei tu...
più tutti quelli
che non ci sono più.

GLOSSARIO

Legenda:
agg.: aggettivo
arc.: arcaico
avv.: avverbio
cong.: congiunzione
inter.: interiezione
met.: metaforico
scherz.: scherzoso
s. f.: sostantivo femminile
s. m.: sostantivo maschile
v. int.: verbo intransitivo
rifl.: verbo riflessivo
v. tr.: verbo transitivo
v. v.: voce verbale
m. d. d.: modo di dire
lat.: latinismo
pronome: pronome

Abbioccàsse – *v. intr.* Insonnolirsi, provare torpore, addormentarsi
Abbisognarci – *v. tr.* Avere bisogno di (es.: c'abbisognano dei tori)
Accannare – *v. tr.* Lasciare solo
A fette – *m. d. d.* A piedi

Ahò – *inter.* Espressione per richiamare l'attenzione o in sostituzione di *Sì lalléro* (*vedi*)
Allo sprofonno – Lontano da tutti
Ammappete – *intr.* Esclamazione che indica sorpresa, stupore come: però!, Accipiacchia! Anche: ammappelo
Annare (anna') a cecio – *m. d. d.* Essere adatti all'uopo
Anniscondere (anniscónne') – *v. tr.* Nascondere
Appennicasse – addormentarsi *vedi Abbioccasse*
Ariccòje – *v. tr.* Raccogliere
Ariccontare – *v. tr.* Raccontare
Ariccojere – Raccogliere
Aridaje – *inter.* Ancora una volta
Arindanghete – *vedi Aridaje*
Aripiarsi – *v. int.* Darsi un tono, tirarsi su
Arisurtare – *v. tr.* Gradire (es.: *m'arisurti 'na cifra*)
Arimbarzare – *v. tr.* Non provare interesse per, non riguardare (es.: *'sta cosa proprio m'arimbarza*)
Aveccela 'npizzo 'npizzo – *m.d.d.* Essere sul punto di, stare per
Baiaffata – *s. f.* da *baiaffa* Oggetto contundente di grandi dimensioni; (*met.*) Pene di grandi dimensioni
Beccamòrto – *s. m.* Becchino, anche usato genericamente in senso dispregiativo: uomo da nulla
Berta – *s .f.* (al) Riparo (es.: *in berta*)
Bona notte i sonatori – *m. d. d.* Espressione da utilizzarsi ogni volta si vuole troncare una conversazione o in alternativa a *Sì, Lallero* (*vedi*)
Callarroste – *p. f.* Marroni cucinati lentamente sulla brace
Calla – *agg.* Calda
Capòccia – *s. f.* Testa
Capocciata – s. f. Testata
Cecagna – *s. f.* Sonnolenza
Ceràsa – *s. f.* Ciliegia
Ciàncere – *p. f.* Ciance

Ciao core! – *m. d. d. S*aluto di commiato o in alternativa a *Sì Lallero* (*vedi*)
Còccia – *s. f.* Buccia, guscio (di noci, ecc...)
Còce – *v. int.* Cuocere; (met.) Dolere
Cocomeraro – *s. m.* Venditori di cocomeri
Cojonare (cojona') – *v. tr.* Prendere in giro
Corcare (corca') – *v. tr.* Colpire, Ridurre male
Crocchiare (crocchia') – *v. tr.* Picchiare, percuotere duramente qualcuno
Da scortico – *m. d. d.* Adatto a un approccio amoroso (detto di auto, appartamento, ecc...)
Dindaròlo – *s. m.* Salvadanaio
Drénto – *avv.* Dentro
Fanga – *s. f.* Fango
Fare ai mezzi – *m. d. d. vedi Fare alla romana*
Fare alla romana – *m. d. d.* Fare metà per uno
Fare capoccella – *m. d. d.* Affacciarsi
Fare le pinne – *m. d. d.* Sollevare la ruota anteriore del proprio motociclo durante la marcia
Farse la pelle – *m. d. d.* Espressione molto volgare per indicare l'atto sessuale volto alla sola soddisfazione degli impulsi carnali
(s'è) Fatta 'na certa – *m. d. d.* Si è fatto tardi
Ficozzo – *s. m.* Bernoccolo
Fòra – *avv.* Fuori
Fràcico – *agg.* Fradicio
Fregno buffo – *m. d. d.* Lo si può dire di oggetto o essere umano le cui fattezze sono poco identificabili
Fronna – *s. f.* Fronda
Fujétta – *s. f.* Misura di vino di circa mezzo litro
Gargaròzzo – *s. m.* Gola
Gianna – *s. f.* Vento freddo
Giro di Peppe – *m. d. d.* Espressione da usarsi quando, per giungere alla meta, si fanno dei giri inutili che allungano il percorso

Gnagnarella – *s. f.* Tipica pioggerella da giornata uggiosa
Gonfiare come una zampogna – *m. d. d.* Riempire di botte
Groppóne – *s. m.* Schiena, *rimanere sul-* Rimanere a carico
Imbucasse – *v. intr.* Intrufolarsi
In braccio alle stelle – *m. d. d.* Espressione poetica per dire *In culonia* (*vedi*)
In sordoni – *m. d. d.* Andando a stringere, in soldoni
Inciafrugliare – *v. int.* Mischiare, rimescolare; (*met.*) Mescolare le carte in tavola (es.: *me inciafrugli*)
Incocciarsi – *v. rifl.* Ubriacarsi
Infinocchiare (infinocchia') – *v. tr.* Raggirare, far credere ciò che non corrisponde al vero
Infrattàsse – *v. intr.* Infilarsi dentro ad un cespuglio per nascondercisi
Ingarellato – *agg.* Si dice di chi abbia perso la testa per qualcosa o per qualcuno
Ingrifato – *agg.* Eccitato
Intorzare – *v. int.* Quando, nel processo di deglutizione, il boccone rimane incastrato a metà dell'esofago
Intrupparsi (intruppa') – *v. tr. e intr.* Urtare involontariamente
Ire longo – *v. int. lat.* Andare lunghi, cadere (es.: *so ito longo*, sono caduto)
(Sì) Lalléro – *m. d. d.* Espressione da rivolgersi a chi la dice grossa
Leccamuffo – *s.m.* Schiaffo violento
Ma che, davero, davero?! – *m. d. d.* Ma non scherziamo
Magara – *avv.* Magari
Magna' a scrocco – *m. d. d.* Mangiare senza pagare, a discapito di chi paga il conto
Mangia a uffa – *m. d. d.* Si dice di chi mangia a scrocco (*vedi*)
Mannaggia la pupazza – *inter.* Acciderbola
Manosànta – *s. f.* Rimedio efficacissimo

Me possino cecamme – *m. d. d.* Posso metterci la mano sul fuoco
Me possino ammazza' – *m. d. d. vedi Me possimo cecamme*
Mezza-tacca – *s. f.* Qualità mediocre, *essere di –*, *una –*
Mo (móne) – *avv.* Adesso, ora
Moccolotto – *vezzeggiativo* di Moccolo (*vedi*)
Mollaccia – *s. f.* Fango
Monnézza – *s. f.* Immondizia
Mortacci tua – *m. d. d.* Invocazione, in forma spregiativa, dei defunti dell'insultato; indica anche espressione di stupore o meraviglia.
Mortaccino – *agg.* Funereo
Mortazza – *s. f.* Mortadella
Mózzico – *s. m.* Morso
Namosene – *v. v. 1°pers. plur. imp.* Andiamocene
Nasone – *s. m.* Tipica fontanella comunale romana
Nemmànco – *avv.* Nemmeno
Noàntri – *pron.* Noialtri
Non me fanno tanto l'occhi – *m. d. d.* Non ci vedo tanto bene
Non potesse vede' neanche pittati – *m. d. d.* Non sopportarsi
Nòne – *cong.* No (quando isolato, con valore enfatico)
Paìno – *s. m.* Persona elegante, di modi ricercati
Paraculo – *agg.* Sveglio
Parla come magni – *m. d. d.* Esortazione all'utilizzo di un linguaggio semplice, diretto, da rivolgersi a chi fa uso di un linguaggio troppo forbito e complicato
Pennica – *s. f.* Pisolino
Pennichella – Vezzeggiativo di *Pennica* (*vedi*)
Pettina' le bambole – *m. d. d.* Espressione che sta a indicare un lavoro che non porta a nulla
Piacione – agg. Uomo convinto di esercitare grande attrattiva sull'altro sesso

Pijasse un coccolone – *m. d. d.* prendersi un colpo, prendersi uno spavento tale da rimanerci stecchiti
Piotta – *s. f.* Centomila lire
Pipinàra – *s. f.* Folla, moltitudine di persone
Pivétto – *s. m.* Bambino
Porca pupazza – *m. d. d. vedi Mannaggia la pupazza*
Poraccio – *agg.* Poveretto
Pòro – *agg.* Povero
Porello – *agg.* Vezzeggiativo di *Poro*
Prèscia – *s. f.* Fretta, premura
Prescioloso – *agg.* Si dice di chi va di fretta
Puro – *avv.* Pure
Puzzi che accori – *m. d. d.* Emanare un tanfo insopportabile
Ràcchia – *s. f.* Una ragazza non di bell'aspetto; *agg.* Brutta
Raccogliere qualcuno cor cucchiaino – *m. d. d.* Espressione per indicare una persona ridotta dagli eventi in gravi condizioni fisiche o morali
Risparambiàto – *agg.* Risparmiato
Rosetta – *s. f.* Tipica forma tondeggiante di panino, fragrante e soffice quando è calda e fumante, elastica come il caucciù quando è fredda
Ruzza – *s. f.* Ruggine
(un) Sacco – *s. m.* Mille lire
Saccòccia – *s. f.* Tasca
(te) Saluto e sono – *m. d. d.* Ti saluto e me ne vado
Sampietrino – *s. m.* Caratteristico blocchetto di basalto con il quale sono lastricate molte piazze e vie centrali di Roma
Scamuffo – *agg.* Non originale
Scazzabubulo – *vedi Fregno buffo*
(uno) Scudo – *s. m.* Cinquemila lire
Sderenare – *v. tr.* Sfiancare, affaticare gravemente
Sércio – *s. m.* Sasso, selce
Sganassóne – *s. m.* Schiaffo violento

Sgricilare (sgricila') – *v. tr.* Ferire (allo stomaco), sbudellare, (*met.*) mangiare qualcosa con tale foga da distruggerla
Sgrullone – *s. m.* Acquazzone, pioggia violenta e improvvisa
Sìne – *cong.* Sì (quando isolato, con valore enfatico)
Smandrappata – *s. f.* Donna che nelle movenze e nell'abbigliamento si mostra volgare, esagerata e poco curata
Smucinare – *v. tr.* Cercare freneticamente con le mani, toccando tutto quello che si incontra durante la ricerca
Sor / Sóra – *s. m.* Signor; *s. f.* Signora
Sortire (sorti') – *v. int.* Uscire
Spasa – *s. f.* piatto molto abbondante
Sprocedato – *agg.* Smisurato
Sprofonnare – *v. intr.* Spronfondare
Stare a uno sputo – *m. d. d.* Essere molto vicino
Stare in fissa – *m. d. d. vedi Ingarellarsi* (solo riferito a persona)
Stennarello – *s. m.* Mattarello, stendipasta
(e) 'Sti cazzi – *m. d. d.* Espressione che indica lo scarso interesse verso la cosa analizzata
Te n'ha d'anna' – *m. d. d.* Crasi di: te ne devi andare
Tafana – *s. f.* Olezzo
Tératéra – *m. d. d.* Terra terra, di bassa lega
Tortorata – *s. f.* Bastonata
Tortóre – *s. m* Bastone grosso e pesante
Trincare (trincare) – *v. tr.* (*scherz.*) Bere in modo allegro e/o smodato
Zélla – *s. f.* Sporcizia
Zozzerìa – *s. f.* Sporcizia; *met.* al plurale *Zozzerie* Atti sessuali

CARO LIBRO MIO

Caro libro mio, come vedi siamo arrivati alla fine. O meglio io sono arrivato alla fine, stremato, spossato dalla fatica di crearti, affinché tu possa ora cominciare il tuo viaggio, un lungo viaggio. Sì, il viaggio imperscrutabile che fanno di solito i libri come te. Fra poco verrai da qualcuno revisionato, corretto, impaginato, stampato, rilegato con la tua bella copertina, poi imballato e trasportato nelle varie librerie, nelle edicole, nei bookshop, negli autogrill e così via. Spero che almeno i commessi abbiano cura di te e ti trattino come ti ho trattato io, cioè da figlio. Mi auguro che ti sistemino comodamente in una vetrina illuminata, o su uno scaffale in bella vista alla portata di tutti. Così qualcuno curioso ti prenderà, ti scruterà, ti sfoglierà, magari ti comprerà per sé o per regalarti a qualcun altro desideroso di leggerti. Spero ti leggano in tanti, libro mio. E a tutti potrò dire che sei come un figlio, ma non sei solo un figlio, anche un nipote, sì, nipote di un'altra persona che insieme a me, con la sua fantasia, ti ha visto nascere, crescere e involarti. Un uomo speciale che, caro libro mio, c'è stato sempre vicino, con il suo estro, con la sua genialità e con quell'inesauribile voglia di ridere e di far ridere che ci accomuna. Quindi, anche se sei piccolo di poche pagine, non farmi fare brutte figure, io ti sarò sempre vicino, ma tu riguardati, non prendere umidità e non spiegazzarti. Ora libro mio, prima di andar via ripeti con me... *grazie zio Mario Scaletta.*

INDICE

Finito di stampare nel mese di novembre 2009 presso
Grafica Veneta - via Malcanton, 2 - Trebaseleghe (PD)

Printed in Italy